《醉經樓集》

明　唐伯元撰

清乾隆十四年（一七四九）刻本

原書版框高一九七毫米　寬一四三毫米

據汕頭市圖書館藏本影印

潮汕文庫·文獻系列

潮汕文庫

醉經樓集

（明）唐伯元 撰

黃樹雄 王纓纓 陳佳瑜 整理

暨南大學出版社
JINAN UNIVERSITY PRESS
中國·廣州

圖書在版編目（CIP）數據

醉經樓集/（明）唐伯元撰；黄樹雄，王纓纓，陳佳瑜整理 .—廣州：暨南大學出版社，2016.8
（潮汕文庫．文獻系列）
ISBN 978 - 7 - 5668 - 1693 - 1

Ⅰ.①醉… Ⅱ.①唐… ②黄… ③王… ④陳… Ⅲ.①中國文學—古典文學—作品綜合集—明代 Ⅳ.①I214.82

中國版本圖書館 CIP 數據核字（2015）第 289379 號

醉經樓集
ZUIJINGLOU JI
（明）唐伯元 **撰** 黄樹雄 王纓纓 陳佳瑜 **整理**

出 版 人：徐義雄
項目統籌：黄聖英
責任編輯：何鎮喜 華文傑
責任校對：黄志波 黄 穎
責任印製：湯慧君 王雅琪

出版發行：暨南大學出版社（510630）
電　　話：總編室（8620）85221601
營銷部（8620）85225284 85228291 85228292（郵購）
傳　　真：（8620）85221583（辦公室） 85223774（營銷部）
網　　址：http：//www.jnupress.com http：//press.jnu.edu.cn
排　　版：廣州市天河星辰文化發展部照排中心
印　　刷：廣州市新怡印務有限公司
開　　本：787mm × 1092mm 1/16
印　　張：31.75
字　　數：619 千
版　　次：2016 年 8 月第 1 版
印　　次：2016 年 8 月第 1 次
定　　價：88.00 圓

（暨大版圖書如有印裝質量問題，請與出版社總編室聯繫調換）

總序

潮汕文化歷千年久遠，底蘊淵深，泱泱廣袤，又伴隨着潮人的遷播而兼收并蓄，獨樹一幟，是中華文明中的重要一脉。

秦漢之前，潮汕囿於海角一隅，與中原殆少來往；自韓愈治潮，興學重教，風氣日開，人文漸著。宋朝文教興盛，前七賢垂範鄉邦；明朝人才輩出，后八賢稱顯於時。明清以來，粵東地區藉毗鄰大海的地理優勢，與域外商貿頻仍，以陶朱端木之業，成中西交匯之勢，造就多元開放的文化格局。饒宗頤等學界巨匠引領風騷，李嘉誠等商海翹楚造福民生，俊采星馳，鬱鬱稱盛。

而今國家穩步發展，蓬勃興盛，潮汕地區憑藉深厚的歷史積澱，務實進取，努力發展傳統文化及其産業，如潮劇、潮樂、潮菜、工夫茶、陶瓷、木雕、刺綉等，保持并革新精巧特色，在世界各地廣泛傳播，備受青睞。更有海外潮人遍布全球，爲經濟文化交流引橋導路，探索共贏模式，拓寬發展空間。

爲促進潮汕文化的傳承與創新，進一步推動潮汕文化『走出去』，在廣東省委宣傳部的大力支持下，海内外學者編寫《潮汕文庫》大型叢書。本叢書包括文獻系列和研究系列，涉及歷史、文學、方言、民俗、曲藝、建築、工藝美術等多方面，囊括影印、箋註、點校、碑銘、圖文集、口述史等多種形式，始終秉承整理、搶救傳統文化的原則，尊重潮汕地區的家學淵源和治學傳統。以一腔丹心，在歷史沿襲中爲文化存證，修舊如舊，求新而不媚俗於新；以一筆質樸，在字斟句酌中爲品質立言，就事論事，求全而不迷失於全；以一紙懇切，在紛擾喧囂中爲細節加冕，群策群力，求深而不盲目於深。惟願以此叢書，提升潮汕文化品位，凝聚海内外潮人，齊心發展，助力騰飛。

在成書過程中，廣東省委宣傳部高度重視，協調汕頭、潮州、揭陽、汕尾市委宣傳部，委託潮汕歷史文化研究中心、韓山師範學院、暨南大學出版社組織編寫與出版。海内外潮學研究專家傾注筆墨，潮汕歷史文獻收藏機構及熱心人士鼎力襄助，更蒙粤東籍一批著名藝術家慷慨捐贈寶貴書畫作品助力出版，在此一并致謝！

《潮汕文庫》大型叢書編委會

二〇一六年七月

前言

黃樹雄　王纓纓

唐伯元（一五四一—一五九八），字仁卿，號曙臺，明廣東澄海人。〔一〕

唐伯元曾祖和祖父『並潛德不仕』〔二〕。其父名天蔭，母陳氏。唐天蔭以教館爲生，頗得當地鄉紳敬重，被稱爲『仙峰先生』。

唐伯元早年主要跟隨父親學習，喜歡讀《左傳》《國語》《史記》《漢書》等。同時，對於『二程』、王陽明、陳獻章（號白沙）的著作也有接觸，人們甚至期許他成爲未來的王陽明。〔三〕

嘉靖四十年（一五六一），唐伯元參加廣東鄉試，以第三十一名得中舉人〔四〕。但在中舉之後，唐伯元參加進士考試，卻不順利。從嘉靖四十一年（一五六二）到隆慶五年（一五七一），中間歷四科，唐伯元都未能及第。隆慶二年（一五六八）戊辰科落第之後，唐伯元曾想『安意於問學』，準備『作聖人之學』，其實是準備放棄科舉，以修身問學

〔一〕唐伯元出生地爲今廣東省汕頭市澄海區溪南鎮仙門村，當時屬潮州府饒平縣蘇灣都，明嘉靖四十二年（一五六三）之後析出屬新設之澄海縣，一般稱其爲澄海人。

〔二〕胡直：《仙門先生小傳》，《衡廬精舍藏稿》卷二十二，影印文淵閣四庫全書本。

〔三〕唐伯元：《從祀疏》，《醉經樓集》『奏疏附刻』。本文所引《醉經樓集》，如無特別標明，均指乾隆版。

〔四〕見《嘉靖四十年廣東鄉試錄》，載《天一閣藏明代科舉錄選刊·鄉試錄》，寧波：寧波出版社，二〇一〇年。

安身立命，就像陳獻章一樣。他與好友周光鎬（一五三六—一六一六）到江西拜訪名儒呂懷（一四九二—一五七三）。呂懷爲嘉靖十一年（一五三二）進士，與潮州狀元林大欽（一五一一—一五四五）同科，曾師從廣東名儒湛若水（號甘泉，一四六六—一五六〇），也是周光鎬之父周孚先的好友。這次拜訪，『從遊逾月，得聞天人合一之旨，辨證身心性命之微，先生獨大領悟』，又『序巾石所著三書本義而梓之』。[一]

萬曆二年（一五七四），唐伯元再次參加會試，這一次，終於高中進士。唐伯元在會試是第一八四名。殿試以三甲第一〇三名得授進士，成爲澄海設縣以後的第二批進士之一。[二]這一科殿試以『典學何急，立政何先』爲題。『學』與『政』這個問題，唐伯元以後還多次提及，如《學政二篇贈李維卿出撫三楚》[三]，可能就源於此。

當時，正是張居正（一五二五—一五八二）當權時期。張居正的兒子也參加了這一科會試，但意外落榜。張居正因此遷怒眾人，故而本科不按慣例點選翰林，新進士大多外放。唐伯元在短期的刑部觀政（實習）之後，就被外放到江西的萬年縣爲縣令。

萬年是江西饒州府的一個偏僻山區小縣，到唐伯元外放該縣時設縣僅六十二年[四]，此前從未以科第進士爲縣令，有之即從唐伯元開始。唐伯元心中雖怏怏不樂，但到任之後，他實施了一系列惠政，如裁冗餉、溉良田、禁淹女，不一年而萬年稱治。同時『篤行講學，馭吏待士，聽訟化俗，一以古道行之』[五]。重視民風士習的遷善，是唐伯元的一貫思想。

由於政績卓異，唐伯元在萬年任上僅一年，就被調任吉安府泰和縣縣令。吉安也稱廬陵，自宋以來一直文教興盛，出過歐陽修（一〇〇七—一〇七二）、文天祥（一二三六—一二八三）等名人，明代也是人才輩出。泰和的楊士奇（一三六六—一四四四），曾任內閣首輔，科甲人物更是多不勝舉，而其中唐伯元更敬重的，則是『三羅』：羅倫（一四三一—一四七八）、羅欽順（一四六五—一五四七）、羅洪先（一五〇四—一五六四）。三人都是崇儒而不隨俗，與

[一] 周光鎬：《明奉政大夫吏部文選司郎中曙臺唐公行略》，載光緒刻本《醉經樓集》『續附刻』。
[二] 隆慶五年（一五七一）榜的張會宗是澄海設縣後第一位進士，與唐伯元同榜的還有另一位澄海人周宗禮。
[三] 載於《醉經樓集》卷三。
[四] 萬年縣設於正德七年（一五一二）。
[五] 同治《萬年縣志》卷四《名宦傳》。

唐伯元同調。

在泰和，唐伯元同樣爲當地辦了很多好事實事。他曾置社倉，糴谷滿實，即使荒年也能民不餓莩。築陂塘口長堤，長八百餘丈。又清浚縣城濠溝（護城河），其遺跡至今猶在。重修泰和南平橋，易名龍橋，至今泰和縣城猶存此地名。除此之外，修復縣署舊址，出贖金買民地，擴大縣學，同時還作《西昌鄉約》，以正民風。

在任滿考的時候，江西巡撫潘季馴（一五二一—一五九五）在考核中評價其『存心愷悌，制事精詳。循良不愧於古人，惠愛允孚於衆庶』〔一〕。後來又再次薦舉唐伯元，稱其『一片赤心，力行古道。事惟盡其在我，而寵辱不驚。政實見其宜民，而士人俱戴』〔二〕。後來對唐伯元深致不滿的耿定向（一五二四—一五九七），也承認唐伯元在泰和『治行爲天下第一』〔三〕。泰和士民爲唐伯元樹了一塊『唐侯去思碑』，請唐伯元的同科進士、泰和人楊寅秋（一五四七—一六〇三）撰文，極敍其政績。〔四〕民衆還爲唐伯元建立生祠，就像在萬年一樣。

泰和任滿，唐伯元調任南京户部，先後爲江西司和雲南司主事，唐伯元照樣辦得井井有條，得到上司的褒許。在公務之暇，唐伯元利用南京作爲文化中心的有利條件，潛心學術，編成了《二程先生類語》七卷，又增補年譜和軼事一卷；又與同在南京的同科鄉試解元王弘誨（一五四一—一六一七）相互切磋，編成《白沙先生文編》六卷。

萬曆十二年（一五八四）冬，朝廷以陳獻章（號白沙，一四二八—一五〇〇）、胡居仁（號敬齋，一四三四—一四八四）、王守仁（號陽明，一四七二—一五二九）三人從祀孔廟。唐伯元對王陽明從祀表示強烈不滿，萬曆十三年（一五八五）初，他上了一個令天下側目的《從祀疏》〔五〕。

在《從祀疏》中，唐伯元首先論及時人對於王守仁的質疑，包括道不行於閨門、鄉人不信、宸濠之功狀疑似、守仁良知之旨禪學、守仁之儒霸儒、守仁良知之旨弄精神六大方面。唐伯元對這六大方面都表示認同，但認爲尚不足以否定其從祀。唐伯元認爲王陽明在理論上多自相矛盾，多爲『奇險之論以反經』，『爲互混之論以遁藏』。他表示，王陽

〔一〕潘季馴：《給由疏》，《潘司空奏疏》卷七，影印文淵閣四庫全書本。
〔二〕潘季馴：《舉劾有司官員疏》，《潘司空奏疏》卷七，影印文淵閣四庫全書本。
〔三〕耿定向：《與胡廬山書》，《耿天臺先生文集》卷三，四庫全書存目叢書集部第一三一冊。
〔四〕楊寅秋：《唐侯去思記》，《臨皋文集》卷一，影印文淵閣四庫全書本。
〔五〕載《醉經樓集》『奏疏附刻』。

明提倡心學，而『六經無心學之說，孔門無心學之教』。他認爲他的憂慮，也是衆人的憂慮，是因爲『聖帝明王，皆急急以正人心爲第一義也。今守仁挾（蘇）秦、（張）儀之術，薄孔、孟之教，張皇告子、佛氏、楊簡之論，而自謂千古一人，舉世皆知其利口巧言，而擬於讒佞，是大舜孔子之所畏惡也』。

因此，唐伯元請求：禮部在頒行祀典之日，要明示天下，『朝廷所以祀守仁之意，原自不妨於朱熹。其天下士子敢有因而輕毀朱熹，指爲異端者，以違制論。凡有學守仁，須學其功業氣節文章之美，而不得學其言語輕易之失』〔一〕。

唐伯元還趁這個時候，把自己抄錄並藏之篋中已久的《石經大學》做了注釋，獻給朝廷，請求頒行於天下學宮。

唐伯元認爲，《大學》的『三綱領』『八條目』中，『格物』就是『修身』。這種理論，首先是受到其師呂懷的啟發。其次是看到湛若水在《聖學格物通》一書中引用的明太祖朱元璋的指示：『《大學》一書，其要在修身。』而古本《石經大學》正是以『修身』來解釋『格物』。唐伯元的古本《大學》，是早年在泰和縣令任上得到的一個所謂《石經》本，這個《石經》本，後來被證明實際上是嘉靖時期一個叫豐坊的人僞作的。這一點自然受到後人的詬病。但是，唐伯元的本意，只不過是要強調修身的重要性，就是強調工夫重於本體，要重視切切實實的修身工夫。這才是其思想的重點。

唐伯元上《從祀疏》之後，引來陽明心學追隨者的批評。南京兵科給事中鍾宇淳（生卒年不詳），一位以攻擊海瑞聞名的人物，上疏指責唐伯元『詆毀先儒』。更重要的是，在朝廷頒佈祀典之後上疏公開反對，無疑是對皇帝和首輔的挑戰。結果，唐伯元被連降三級，外調爲海州判官。

海州在今江蘇連雲港，在明代是一個斥鹵之地。唐伯元隨遇而安，公暇與朋友同僚一道遊覽名勝萬花岩、青峰頂。至今，其《遊青峰記》刻石尚存於當地山上。

在同樣不喜心學的吏部尚書楊巍和禮部尚書沈鯉的調護下，唐伯元在海州不到一年，就被調爲保定推官，很快又被任命爲禮部主客司主事，重新回到京城。這是萬曆十四年（一五八六）的事。

但唐伯元對於朝事似乎已然心冷。他請告回籍省覲父母。萬曆十五年（一五八七）回籍後，唐伯元在潮州西湖邊築起醉經樓。醉經樓取名於隋王通（五八四—六一七）所著《中說·事君》篇『心若醉六經』之語。當時的潮州府同知王

〔一〕 本段引文均見《從祀疏》，《醉經樓集》『奏疏附刻』。

懋中，是唐伯元的同科進士；潮州幾位士紳，如李遲、毛紹齡、鄒迪、蔡德璋、鄭育漸等，都是唐伯元的好友，一起唱酬，其樂融融。

萬曆十八年（一五九〇）春，唐伯元重新踏上赴京之途。回京復職不久，唐伯元從禮部主客司主事改爲儀制司主事。按照明代政制，六部各分四司，禮部四司中，儀制司是『本司』，而明代銓選最重資歷，這種調動，看似平調，實是升遷。

萬曆十九年（一五九一）正月，唐伯元奉命爲宮中選取宮人。這一次選宮女，『其第一義乃爲皇長子冊立屆期也』。借此機會，唐伯元上了一個《宮人疏》，在『宣主德，達下情』之外，『兼效一得之愚，以端大本』。〔二〕

萬曆年間，一個重大的問題，就是太子遲遲不能確立，這是『國本』問題。明神宗皇后無子。長子在萬曆十年（一五八二）出生，是宮人王氏所生，王氏是神宗生母李太后的宮女。神宗後來寵愛鄭貴妃。鄭貴妃於萬曆十四年（一五八六）生下皇三子。由於鄭貴妃受寵，皇三子有可能取代皇長子，這在皇位繼承上將造成一場混亂，於是廷臣紛紛上言，請求早日確定皇長子爲太子。但這些引起神宗不快，上疏言事的御史姜應麟遭貶斥。萬曆十八年（一五九〇）十月，群臣再次聯名上疏，以去就相要挾，內閣首輔也請病不出，神宗不得不稍作讓步，聲稱如果群臣不再攪擾，那麼就可以在萬曆十九年（一五九一）冬天立儲。由於有此承諾，萬曆十九年（一五九一）春節剛過，負有責任的禮部就開始做一些準備，選宮女就是其中之一。

在奏疏中，唐伯元小心翼翼地繞開立太子的正面問題，只是強調，爲皇長子選宮女，不能只重色貌，而以『顔儀端莊，神思幽靜，望之知其柔順溫良，庶幾詩人所謂窈窕淑女者爲主，而不敢求必於全色』。唐伯元提出參照宋代程頤的建議，在宮女中『選年四十以上者，慈惠柔良，小心端慤，爲六尚局中所敬重者，令侍皇長子出入坐臥，保護身體』。〔三〕

唐伯元又說到皇長子的教育，要以皇帝自己的身教爲第一。他以明太祖教育太子和明世宗嘉靖皇帝的遺詔爲例，希望萬曆皇帝『遠念皇祖持身之格言，近體世宗蓋愆之遺詔，一起居，一食息，如對聖賢，如臨師保；非必絕情欲也，

〔二〕唐伯元：《宮人疏》，《醉經樓集》『奏疏附刻』。
〔三〕唐伯元：《宮人疏》，《醉經樓集》『奏疏附刻』。

而求中節；非必無寵幸也，而求不偏……上以遵乎祖訓，下以法乎後昆，是之謂身教」〔二〕。

唐伯元的這份奏疏，其針對性其實不亞於此前對萬曆皇帝『酒色氣財』的批評，當時的大臣都爲他捏一把汗。沒想到，神宗皇帝居然有所觸動。他罕見地下了御札給內閣，承認『廟享屢遣代行，朝講久廢』，當然，他是歸咎於小人之愚惑，聲稱已將這些小人斥退。對於立太子的問題，雖然沒有正面作答，但從事後的發展來看，明神宗是有所反省的。在繼位問題上，雖有波折且拖延甚久，但終未釀成動蕩，唐伯元的這份奏疏，起到了一定的作用。稱之爲『端大本』〔三〕，實不爲過。

萬曆十九年（一五九一）秋天，唐伯元與兵科給事中張應登同典湖廣鄉試。這一科號稱得人。唐伯元取中之士中，就有田生金（生卒年不詳）。田生金爲湖北麻城人，後來成爲明末政治派系中楚黨的領袖人物之一。萬曆四十六年（一六一八），田生金爲廣東巡按，上疏爲唐伯元等六人奏請謚號，並爲唐伯元的長媳奏請褒封，還題贈牌匾，至今懸於唐伯元故居之唐氏家廟。

這一次湖廣之行，另一個值得注意的是唐伯元與『異端』思想家李贄的會見。唐伯元與張應登晤李贄於大別山上，坐語移時。但顯然這一次會面並不愉快，彼此互不欣賞。後來，唐伯元在《答劉方伯》〔三〕書中表示了對李贄的印象，謂其時露『剛狹之氣』，頗有微詞。

湖廣主試回京之後不久，唐伯元轉爲尚寶司司丞。這是主管皇帝印鑒使用的官員。但沒多久，萬曆二十年（一五九二），由於母親去世，唐伯元回籍守制。守制甫畢，即以原官起復。

萬曆二十三年（一五九五）冬，唐伯元被任命爲吏部文選司員外郎，署郎中事。唐伯元本來的官職——尚寶司司丞，是清要之職，現在轉爲一個繁劇之職，在這樣一個職位上，首先是要把持得住自己。唐伯元做到『一私不行』〔四〕，『苞苴不及其門』〔五〕。他『虛心搜羅，選公登明，唯恐中外之有留良也』〔六〕。前後任此職者都獲譴，唯獨唐伯元例外，

〔二〕唐伯元：《宮人疏》，《醉經樓集》『奏疏附刻』。
〔三〕唐彬：《乞賜易名疏》，《醉經樓集》『奏疏附刻』。
〔三〕唐伯元：《答劉方伯》，《醉經樓集》卷五。
〔四〕唐彬：《乞賜易名疏》，《醉經樓集》『奏疏附刻』。
〔五〕《明史·儒林傳》唐伯元本傳。
〔六〕郭惟賢：《明故奉政大夫吏部文選司郎中曙臺唐公墓誌銘》，載光緒刻本《醉經樓集》『續附刻』。

這不是偶然的。吏部尚書孫丕揚（一五三一—一六一四）也甚爲滿意，屢次提請以唐伯元任滿補太僕寺少卿，但最終還是未得皇帝的任命。

『樹欲靜而風不止』，唐伯元兢兢業業，但還是不可避免地捲入一場政治鬥爭中。

萬曆二十四年（一五九六）四五月間，南京工部主事趙學仕在考核中，因事被劾，應該貶斥外調，唐伯元爲文選司郎中，負責其事，就擬註爲饒州通判。有人認爲這樣處理過於從優，並猜測是因爲趙學仕爲內閣大學士趙志皋族弟，吏部爲討好趙志皋才做此安排。吏科都給事中劉道亨在參劾南京刑部尚書趙參魯時重提此事，傷及吏部尚書孫丕揚和唐伯元。更讓人鬧心的是，萬曆皇帝習慣性地把奏章擱置宮中，少有批復，謂之『留中』，致使朝廷很多政事無法施行。在無奈和憤激之下，唐伯元連上兩個《請告疏》[一]請求辭職，甚至質問：『皇上之愛士視初年何如？視古帝王何如？』這自然引起萬曆不懌，『特允其去』。

在經歷了京城的一段政治風波之後，唐伯元回到家鄉，有一種解脱的感覺。他對政治的險惡，算是有了更深的體會。在西湖的醉經樓畔，他築起一個釣臺，閒暇時悠遊垂釣，一副江湖漁翁的樣子。釣臺旁邊，辟有一處梅莊。似乎只有這種傲霜的梅花，才能映襯他的心境。

但退隱生活僅僅過了兩年，萬曆二十六年（一五九八）四月二十七日，唐伯元病卒，享年五十八歲。

《明史·儒林傳》唐伯元本傳有一段話可謂蓋棺定論：『伯元清苦淡泊，人所不堪，甘之自如，爲嶺海士大夫儀表。』

唐伯元生平著述甚多，傳世之作有《醉經樓集》《泰和志》（存六至十卷）《白沙先生文編》《二程先生類語》《銓曹儀注》五種，另有《道德經注解》《易經注》《陰符經注》《禮編》《昌黎文編》《采芳亭稿》《太乙堂稿》《愛賢堂集》等，已經散佚。

《醉經樓集》爲唐伯元手編之詩文集。據李禎《醉經樓集序》[二]，此集所收詩文起於萬曆十五年（一五八七），迄於作序之年即萬曆二十四年（一五九六）。萬曆十五年前詩文似無結集，而萬曆二十四年之後的詩文，則另爲《醉經樓

[一] 均載於：《醉經樓集》『奏疏附刻』。
[二] 此序作於萬曆二十四年（一五九六）。李禎，字維卿，隆慶五年（一五七一）進士，官至南京刑部尚書，傳見《明史》卷二二一。

續集》，但已佚。

《醉經樓集》全書六卷，其正文內容，現存各本均同。卷一爲《詩類》，卷二爲《經解類》，卷三爲《序類》，卷四爲《記類》，卷五爲《書類》，卷六爲《雜著類》。卷六之後爲《奏疏附刻》。

《醉經樓集》卷一的唐伯元詩歌，反映了他的生活、感悟和交遊情況，研究者認爲：其詩具有『感情真摯，純樸自然』『清新素雅，不失明麗』『使事用典，含蓄蘊藉』『不事雕琢，自然和雅』等特色。[二]

卷二的《經解》，主要是一些儒家經典的研究心得，多爲札記形式。《經解》在當時似乎曾經單行，即記載中的《醉經樓經解》。這是研究唐伯元思想的最主要資料。《明儒學案》全部收錄這部分內容，但文字略有差異。[三]

卷三、卷四、卷六爲唐伯元的文章，其中卷三的《醉經樓會序》，卷四的《平湖記》《壽安寺記》《道當堂記》《南巖記》，卷六的《灝溪先生墓誌銘》等，都保存了有關的潮汕史事。卷六的《雜說五條》《大學中庸四解》《愛賢堂書賢不肖等》《格物修身講草》等，對於研究唐伯元的思想同樣非常重要，《明儒學案》也加以收錄。卷五的書信，除了可以考見唐伯元的交遊之外，其《答孟吏部叔龍書》《答叔時季時昆仲》，都深刻地表達了唐伯元的哲學思想，也是非常重要的文獻。

《醉經樓集》在明代是否有刻本，因未見傳本，情況不明。清代刻本，現存有乾隆十四年（一七四九）刻本、道光二十九年（一八四九）刻本、光緒二年（一八七六）方耀刻本這三個；另外，臺北『中央研究院』和廣東省立中山圖書館各有一個舊抄本。這些版本中，以乾隆版爲最早，其他各本均從此本出。道光刻本爲乾隆版之補刻本，而光緒重刻本已經多有改篡。乾隆本半頁九行，每行二十二字，白口，四周雙邊，卷一至五署『澄邑唐伯元著』，卷六則署『澄邑唐伯元仁卿甫著』，微有差異。此本冠以《明史·儒林傳》唐伯元本傳，又有時任海陽縣令的唐若時之序。按：《明史》修成於乾隆四年（一七三九），唐若時之序作於乾隆己巳（乾隆十四年），可見此本不早於乾隆。目前著錄爲乾隆刻本，應該是正確的。唯此刻本爲家刻本，刻工不甚嚴謹，如『大司空』誤作『太司空』、『母』作『毋』、『庚寅』作

[二] 詳細論述參閱楊映紅：《唐伯元詩歌研究》，暨南大學碩士學位論文，二〇一一年；《潮汕先賢唐伯元集杜詩探析》，《汕頭大學學報》二〇一〇年第四期；《唐伯元詩學思想芻論》，載《潮青學刊》第二輯，北京：社會科學文獻出版社，二〇一三年。

[三] 參見朱鴻林：《〈明儒學案〉中之唐伯元文字》，載《明人著作與生平發微》，桂林：廣西師範大學出版社，二〇〇五年。

『唐寅』之類；且避諱不嚴，『曆』字未諱爲『歷』，卷六《家訓四條》之『虜』字，本是清朝大忌，此本也未諱[一]；而提及明朝皇帝諸處，或空一字，或提行頂格乃至破格，以示敬重。這些跡象，應該是《醉經樓集》原本遺留的痕跡。

此乾隆本有《奏疏附刻》一卷，收入《從祀疏》《石經疏》（附《古石經大學》和《古石經大學序》）《宮人疏》《請告疏》和《再請告疏》，而止於唐伯元之子唐彬的《乞賜易名疏》[二]。道光刻本增入周光鎬《明奉政大夫吏部文選司郎中署臺唐公行略》、郭惟賢《明故奉政大夫吏部文選司郎中署臺唐公墓誌銘》及唐際虞《跋》，作爲『續附刻』一卷。此刻本目錄及正文均無『續附刻』，可佐證此本確爲乾隆本。

本次影印出版的《醉經樓集》，以汕頭市圖書館所藏乾隆十四年（一七四九）刻本爲底本，這是國內目前所見僅有的一部乾隆刻本，至爲珍貴。其中部分頁面已有漫漶之處，原藏者間有朱筆或墨筆抄補。爲保留原貌，影印本一仍其舊，不做改動。目錄有錯字或與正文不合處則出校記。讀者如需更完備的文本，可參考朱鴻林先生點校的《醉經樓集》[三]。

[一] 光緒刻本此『虜』字作墨釘以避忌。

[二] 此篇正文原無題目，目錄作『乞賜易名疏』，原藏家用朱筆補擬題目作『爲父乞賜褒恤易名疏』。

[三] 唐伯元著，朱鴻林點校：《醉經樓集》，北京：中華書局，二〇一四年。

目録

〔一〕此詩正文題目作『庚寅春三月始克赴京至二河留別諸親友奉和薛舜徵兄見贈之韵』，近是。唯『二河』當依目錄作『三河』。
〔二〕目錄此處『庚』字下半磨滅，正文作『唐寅』，顯誤；又，本書『母』多刻近『毋』，亦誤。
〔三〕『壁』正文題作『璧』，誤。
〔四〕此題『太司空』當爲『大司空』，正文題不誤。
〔五〕此詩實爲二首。
〔六〕此題『原易』當爲『原昜』，正文題此處不誤。正文題連用兩『舊』字，其一當爲衍文。
〔七〕正文題下有『改代稿』三字。

[一]「文殊」正文題作「文珠」。
[二] 此詩實爲二首。

[一] 此題「考經」當爲「孝經」，正文題不誤。
[二] 此題「湖廣鄉試序」當爲「湖廣鄉試錄序」，正文題不誤。

記類卷之四

書類卷之五

[一] 卷五目錄，此處及以上均只注數字，如「二」「三」以下則作「二首」「三首」等。

[一] 此題「范原易」當爲「范原易」，正文題不誤。
[二] 正文題下有「二首」兩字。
[三] 正文題作「合奠顧安人」。

〔一〕正文題作「題養蒙詩後」。
〔二〕據正文，「易」當爲「易」。
〔三〕正文題無「附」字。
〔四〕正文題無「附」字。
〔五〕影印刻本原目錄作「乞賜易名疏」，然據正文，「易」當爲「易」。正文此篇題爲「謹奏疏」。

醉經樓集序

夫道至孔子成矣知後世雖於三代也爰筆六經詒來許故六經者明道之書也經方興而楊墨並吸唶唶於其時賴孟

李序一

子輿氏作大聲急排決之令吾道光明天下吁功亶偉矣又寧知楊墨之後宋有佛老之法出乎其說淵濶要歸無復倫紀亡僭禍曰經纔一

李序二

唾人也厭搏心攝志之衆匍匐皈依故其毒之蔓也延於今千百年不厭鞫為世道苦又寧知佛老之後復有近世新學之流出乎至是不佛

李序二

老者壯故吾儒標名不
吾儒其貌故佛老其餕
而縱橫其吻辭唱一語
半偈互混吾道真詮機
鋒所觸胥天下之知者
愚者驅而皆納諸中但

啜其糟即褫其魄醺醺終身日富趄趦蹢躅毒憯以烈乃殊自奇於世大醒酲道否剥殆盡良可懼爲吾友唐仁卿氏有憂之自丁亥迄今歲

凡十年来所著有醉經樓一集曰詩曰經解曰序曰記曰書曰雜著凡六卷時而歌詠時而解釋時而問荅時而鋪衍無文非是心何以病道

慧何以傳神直斟玄酒
明水之味力釀徑術俾
世之醉經而醒道勿失
吾家無量不及亂之初
意意念深矣吾每復之
卷然竊為世道一快嗚

李序四

呼今世末商亦庶以此
俟之矣哉
萬曆丙申秋七月念之
二日友人李禎拜贈

醉經樓集序

言者心之聲也言因心發亦猶聲隨器出也金石絲竹匏土革木為器不同而聲亦異焉故心為才人之心則其言必瑰瑋奇麗可以啓人之幽緘闢人之靈

府亦足以傳誦於後世而弗衰若心爲道學之心則其言必醇正誠樸可以闡道術熄邪說正人心繼前聖之心傳樹來學之模範更足以綱維世教上下古今於不窮也是以士君子讀書

明道立言貴乎有本言有本則見諸行者必實夫然言可也不言亦可也不言則吾之道明吾之道明夫何必言也言則吾之道明人之道亦明人之道明而吾之道愈明又何必不言也故

唐序二

阿衡有訓姬公有誥武侯之表
陸宣公之奏議可以言目之乎
不可也葢言即道也言即道又
烏可無言也吾讀醉經樓一集
知先生慨正學之弗昌懼新說
之日熾毅然以道自任直接宋

儒之源流而疏瀹决排之以廣
其教于天下故凡奏疏辯解書
記敘議以及雜着詩歌無一不
沉酣于六經之津液而去其糟
粕焉雖片語單詞無不從箇中
體貼出来夫豈矜才尚智者所

唐序三

可同日語哉亦豈貌為道學剿襲陳言者所可同日語哉今其派孫絡奎欲梓其集以行世是非懼祖言之弗彰亦心懷學術之憂將傳其道于當世使吾儒共知所宗也丐余一言以為序

以余承乏海邑與紹奎有金蘭之契兼有同族之誼雖不敏實有不能已於言者矣雖然先生之學大儒之學先生之文大儒之文淵深鴻博又豈余淺識者所能道其萬一哉

唐序四

乾隆拾肆年歲次己巳孟冬中

浣關中後學若時識

明史儒林傳

唐伯元字仁卿澄海人萬曆二年進士歷知萬年泰和二縣並有惠政民生祠之遷南京戶部主事進郎中伯元受業永豐吕懷踐履篤實而深疾王守仁新說及守仁從祀文廟上疏爭之因請黜陸九淵而躋有若及周程張朱五子於十哲之列祀羅欽順章懋吕枏魏校吕懷蔡清羅洪先王艮于鄉疏方下部旋爲南京給事中鍾宇淳所駁伯元謫海州判官屢遷尚寶司丞吏部尚書楊巍雅不喜守仁學心善伯元前疏用爲吏部員外郎歷考功文選郎中

明史儒林傳一

佐尚書孫丕揚澄清吏治苞苴不及其門秩滿推太常少卿未得命時吏部推補諸疏皆留中伯元曰賢愚同滯朝野咨嗟由臣擬議不當所致乞賜罷斥帝不懌特允其去而諸疏仍留中不下居二年甄别吏部諸郎帝識伯元名命改南京他部而伯元已前卒伯元清苦淡泊人所不堪甘之自如爲嶺海士大夫儀表

醉經樓集目錄

詩類卷之一

目録　一

目録

經解類卷之二

記類卷之四

目録　十四

醉經樓集卷之一　詩類

澄邑唐伯元著

醉經樓四首

典衣爲沽酒典地爲栽花小樓新搆就明歲屬誰家

種花莫種竒卜築何妨拙客來歸不歸樓上看明月

樓前湖水平樓外四山青樓中經一卷堪醉不堪醒

白晝鶯聲囀清宵鶴唳過幾番沉醉後喚醒興偏多

又四首

天地何簡易六經何支離安得楊子雲尊酒共樓居

[illegible]精稊稗篇莊生如有悟糟粕苟不存吾道在何處

畏哉糟粕矣煨燼莫疑秦章編三絶後誰是醒經人

醉經何可當樓名浪標榜痴迷復痴迷前身疑象罔

醉經樓八景

鏡湖

若將湖比鏡湖光鏡不如若比醉中人脫身墮太虛

新篁島

誰開湖上島新篁綠未齊齊時應囑付合有鳳來棲

西湖山

島上樓堪畫湖山敞畫屏不有樓居者歷歷爲誰青

蘆荻洲

蕭蕭蘆荻邊載酒趂斜陽醉來疑作夢掁柁過瀟湘

漁滄廟

清夜聞鐘鼓朝來薦雞黍廟古不知年滄浪問漁父

桃花塢

塢深復深見花不見樹人間可避秦何必桃源路

林副使舊宅

林公舊地館橋畔草萋萋百年歌舞地閑在夕陽西

李家園

溗杙、擧欲流繁芳發緋綺前日是張家今朝又姓李

自甲申十月至戊子正月

不是憂生不學禪持來一戒幾經年塵緣未了尋常事猶向春風獨自憐

山居五戒

一戒講學

我曰予賢人曰予聖果聖且賢相悅而靜況汝之德未滿鄉里況汝之道未行妻子呶呶嘵嘵蓋不知恥

二戒預外事

作者愛己義者正己枉己直人所濟有幾匹夫之行可化
鄉人既明且哲以保其身

三戒酬應詩文

賦性太輕溢道人美無益於人且先失己搜腸刻骨愽潤
筆金可憐多病老去光陰

四戒赴席

小席百錢大席一金何功何能爲世所欽竟日嗛嗛踈嬾
難支夜深人靜我讀書時

五對客戒談時政

生逢唐虞明良岳牧不學賈生流涕痛哭物之不齊人孰無過反己責躬是我工課

乙酉元日八首　附錄

嶺嶠雲山外征鴻半假眞一從郎署後四見歲華新冠蓋迎人嬾漁樵入夢頻咄嗟成底事又伴上林春

其二

竊祿誰家子言歸竟不歸高堂雙白髮　帝里又芳菲谷送宮鶯囀烟添御柳肥斑爛五色在何處試春衣

其三

戀闕幾沉吟爲郎十載深長瞻惟北斗欲報愧南金起草當年事傳經百代心况逢端履慶吾意不須禁

其四

獻賦慚司馬逢君喜帝堯尚疑樽俎意無補　聖明朝玉律陽方長春風凍已消胡兒休牧馬指日斷天驕

其五

獻歲饒佳氣千官向　紫宸誰擎金掌露最惜嶺頭春濡滯瞻雲日艱危報　主身傍人休錯解張翰憶鱸蓴

其六

歲晚心如舊閒關酌去留憑將丹扆獻乞伴赤松遊桃處人倫類桑時鶴送籌庭闈多勝事此外復何求

其七

半生憐學道荏苒負初心倏爾經今歲愀然覺寸陰一封何潦草百計是拙醫異代誰知己無絃壁上琴

其八

賢聖不同調行藏合自謀縱然羣鹿豕不是慕巢由時序書閒聽乾坤海上鷗青春堪潦倒吾道在滄洲

庚寅春三月始克赴京至二河留別諸親友奉和薛舜

徵兄見贈之韻

遄發今晨巳後期親知遠送勸行巵鶯花處處堪留戀江舸朝朝對別離盡省幾違高卧桃班衣重整拜 宸墀孤征此際情多少漫説 君王雨露私

夜宿藍屋驛不寐追和白沙先生臺書春晚之句

古驛江頭近釣磯傷心春事故山違楊朱正恐當年悞伯玉寧知四九非反 命敢云恭從命征衣今又負萊衣庭槐舊緑稱觴處留得清陰待我歸

東林寺逢安大行小范遊天池不得偕往是夕至九

江承徐刺史見招對月次韻寄慨時四月八日也

若爲邂逅惜芳辰指點峰頭月色新對眼忽疑天有路逢君况是玉爲人虎溪别去多應咲馬上看來幾處眞不有風流賢刺史清光今夜共誰論

官人行黄梅道中爲役夫述

前歲樹皮盡去歲草根絶依舊春來滿地青荆杞蓬蒿不堪咽須臾性命倚吳商妻兒典與一身子一身子千愁結迎送官人何足憐縣庭催租日流血

送霍年兄之署敎靖江

送君此去憶當年倫霍風流一代傳家是杜陵天尺五人從門下侍三千夜色乍驚南海月歌聲欲和武城絃明到蘇湖懷古處始知吾道寄青氊

陳都蓮自都門歸壽其母太夫人八十

八十人間希又希表閭歲歲映春暉金花更獻西王母天上仙郎晝錦歸

唐寅老母壽日集杜

幾廻青瑣點朝班日繞龍鱗識 聖顏南望青松架短壑東來紫氣滿函關一雙白魚不受釣萬丈丹梯尚可攀何

爲西莊王給事來遊此地不知還

賤辰承呂維師徐獻和李宗誠曾舜徵袁季友諸省丈及羅布衣汝存攜酒見過集杜

隱几蕭條戴鶡冠興來今日盡君歡尊前柏葉休隨酒竹裡行厨洗玉盤拳引瀫騎沙苑馬衰顏欲付紫金丹可憐賓客盡傾蓋百遍相過意未闌

病中對雪聞諸省丈在假集杜

身欲奮飛病在牀晶晶行雲浮日光王生怪我顏色惡茂陵著書消渴長畫省香爐違伏枕芙蓉別殿漫焚香此時

對雪遥相憶行酒賦詩殊未央

十一月十一日同諸僚友集呂鴻臚宅看菊追次壁間韻二首

自是東籬巧傲霜秋英爛熳艷華堂白衣似愛陶潛興青眼從教阮籍狂此日看花猶帝里十年起草愧明光獨憐同舍兼同調吟得詩成句裡香

其二

盈滿黄金叢滿霜錦爲屏障畫爲堂留連不是因花惱酩酊原非爲酒狂羈旅魂驚親舍遠簪袍晚濫主恩光月

明馬上催扶醉白玉河壁漢署香

假日王篤部岡伯惠到湖綿天池茶次韻爲謝

彩毫字字拂清霜兼品題封到草堂范叔不知寒作假相如定是渴來狂蘇湖氣味渾相似衣馬輕肥倍有光獨怪朝衾疏懶甚朝朝想像　御爐香

老父壽日次韻

八千椿樹幾凌霜萱草萱花共北堂但得皆庭留戲彩不應詩涓尚伴狂蟠桃更獻千秋穎銀燭誰分此夜光一客燕臺家萬里幾回溫清待黃香

病中有懷醉經樓集杜

舊國霜前白鴈來茅齋寄在小城隈傍人錯比楊雄宅江上徒逢袁紹杯萬事糾紛猶絶粒百年多病獨登臺此身未知歸定處懷抱何時得好開

病中書懷寄楊太史貞復兼謝枉顧集杜

武陵一曲想南征悵望秋天虚翠屏多病獨愁常闃寂傳書何急來相仍楊雄更有河東賦方朔虚傳是歳星速宜相就飲一斗山陰野雪興難乘

魏光禄懋忠自平樂書來兼示見懷之句次韻

似君須向古人求想見歸懷尚百憂卜築應同蔣詡逕春風回首仲宣樓漁吹細浪搖歌扇天入滄浪一釣舟谷口子真吾憶汝何時更得曲江遊

大司空曾公見招以病乞改別約集杜

此生已愧須人扶細學何顒免興孤豈有文章驚海內幾回書札待潛夫尊當霞綺輕初散酒憶郫筒不用酤不是尚書期不顧五陵佳氣無時無

冬月承少宰王公見招病不能赴集杜

積雪飛霜此夜寒强移棲息一枝安故人情味晚誰似百

遥相過意未闌盤出高門行白玉花邊立馬簇金鞍此時
對雪遥相憶信有人間行路難

別李中丞維卿兄之楚集杜二首

中丞問俗畫熊頻況復荆州賞更新多少材官守涇渭時有西警之意早聞黃閣畫麒麟岸容待臘將舒柳江縣含梅已放
春此別應須各努力正思戎馬淚盈巾

其二

横笛短簫悲遠天斷腸分手各風烟不知明月為誰好偶
觸愁人到酒邊綉羽銜花他自得春渚落日夢相牽短衣

匹馬隨李廣蝦菜忘歸范蠡船

送姜仲文督學關中

大雅文章孰敢先周南風首國風傳賢關自古雄三輔憲府於今況少年名自仙郎高起草人於講座識含鱣正是兩階干羽日即看萬里淨烽烟

奉和鄒孚如司封雪中見過不值之韻

經歲何曾咲口開一歌伐木一徘徊自憐幽意今猶古誰障狂瀾倒復回字本無奇堪載酒雪偏乘興負君來何時更枉論文約流水高山共舉杯

積雪燕關凍不開相逢谷口重徘徊共傳客有鄒生妙斗見春隨嶰律回道氣如君誰伴侶淸時鳴鳳欲儀來黄金賦在須珍重不用詞臣露一盃

除夕

殘臘禪房靜青燈玉漏遲不眠成隱几獨酌更支頤年盡他鄉夜人過半百時自憐遊子意吾道況如絲

辛卯元日

帝里春回斗柄東忽驚春事故園同雲連粤嶠靑天外人在燕關紫氣中夢裡斑衣常五色曉來遲日愛初紅屠蘇

強進酬隹節無奈浮生任轉蓬

送何侍御謫楚藩司從事因懷范原易李克蒼原易舊舊守洪都克蒼先以北部謫楚

不見批鱗今柱史曾聞製錦舊神君洪都太守眞堪憶對酒憐才日未曛

何李誰傳二妙弁不應秀句有鄒生鄒司封孚如三湘愁鬓時相對參伍雙懸江漢名

送何侍御謫官之楚改代稿

離亭歌管曲新翻慷慨看君下紫垣驛路風光收客淚洞

庭波瀾是 君恩乾坤幾見三閭廟詞賦難招萬古魂明
過湘江回首處賈生才思不堪論

送張黃門閱邊

十萬熊羆擁漢官邊城曉月挂旌竿螭頭暫借回天力塞
外驚傳落胆寒見說 皇威清海甸更催飛將斬樓蘭歸
來勒石燕然上金殿千門立馬看

送楊太守復補定州

鶯聲出谷柳條新乍捧除書下紫宸客裏三刀頻入夢花
前五馬又行春揮金慷慨承家操劇郡艱難報 王身來暮

喧歌緣底事去思處處欲沾巾

九日同諸省丈遊南壇望　齋宮小憇追次小杜九日登高詩却集老杜七言律句

水鳥啣魚來去飛水精宮殿轉霏微庭前甘菊移時晚花外江頭坐不歸萬里秋風吹錦水千家山郭靜朝暉孤城此日堪腸斷老大悲傷未拂衣

寄壽太宰楊公三首

歸來黃髮又經春　聖代休休一個臣舊履聲高　天子聽新堤浮近海鷗親可能楊綰爲丞相忽向明星見老人

嶺上桃花千萬樹不知何處宰官身

其二

上下風雲不可從始知今日有人龍經餘稾籥玄修祕歸到闕門紫氣重已藉仙宮羣野鶴獨愁　聖主夢非熊何當脫却浮名繫五嶽峰頭伴赤松

其三

總爲社稷愛著生疏懶猥承國士名一飯只今誰吐哺三台此日望調羹歌殘白雪何人和眼看黃河幾度淸惟有祥光南極外夜深長拱　帝星明

和張黃門玉車舟中晚睡賦時出都之明日

旅雁將秋至鳴蟬入暮淸烟村團野色鼓吹雜江聲泛斗槎仙過侵星舘吏迎五雲雙闕外去太一關情

次前韻

白日愁將暮黃河不肯淸誰邀江月色閒聽棹歌聲野鳥高飛去汀鷗作意迎伊予慚負汝相對若爲情

和玉車見約事竣各便道省覲兼訂復命之期先此惜別集杜三首

忽漫相逢是別筵南遊花柳塞雲煙匡衡抗疏功名薄張

旭三杯草聖傳萬里秋風吹錦水一行白鷺上青天明光起草人所羡復道重樓錦繡懸

其二

赤甲白鹽俱刺天雲安縣前江可憐路經灧澦雙蓬鬢燕蹴飛花落舞筵萬里相逢貪握手百壺那送酒如泉更爲後會知何處遲日徐看錦纜牽

其三

高才仰望足離筵獻納司存雨露邊顧我老非題柱客將詩不必萬人傳思家步月清霄立肺病幾時朝日邊朱紱

卽當隨綵鷁杜陵韋曲未央前

過南旺與王車遊蜀山湖湖中逢檀季深季明二昆仲

採蓮處處雜菱菰時或維舟隱岸蒲人在空中山有蜀天開島外鏡爲湖魚從舉網皆堪膾酒自如泉不用酤仙侶翩翩移向晚恍疑身世到蓬壺

七夕過留城四首

旅夜逢秋百感并絶憐織女渡河清不堪更泊留城下煙水茫茫舟自橫

留侯有廟對崩湍湖水粘天動地還此夕正逢天女渡莫教風浪到人間

乞巧天邊此夕多乾坤無奈一黄河赤松不管人間事黄石書中意若何

天横碣石拱　皇州自古黄河向此流試向支機前借箸漢廷何處更良籌

蒙城署中即事戲呈玉車

雙雙蝴蝶上花枝兩兩前身盡可疑隱几終朝吾喪我連牀昨夜子爲誰南飛鵲傍三秋鴈老去何妨兩鬢絲脱却

醉經樓集

樊籠便歸去羅浮山只又蛾眉

下蔡鎮夜憩文珠寺聞野歌有獻胡山人詩者得江字

十二連城淮水瀧州來會是古名邦烟收萬井月明夜人坐空山秋滿江但有楚音存古刹何須野曲送新腔忽傳有客題詩句可是鹿門人姓龎

過蒙莊

雄辯先生第一流向來齊物幾時休錯疑吾道非糟粕尚憶人呼作馬牛濠上不知魚是我夢中誰信蝶爲周何人

索得玄珠在許共逍遥物外遊

八公山謁謝公祠

奄奄江左是何時能破符堅百萬師兩岸烟銷淝水白數聲鶴唳鬼神知兒曹大捷偏安日元老千秋一着棋　聖代郎今家四海倉皇國手可看誰

渡淮二首

清淮如帶遶秋色與天長淝水東西合韓碑日月光客心可感慨王氣幾興亡惟見江頭柳蕭踈伴夕陽

其二

今日長淮好經過人[illegible]唐魚龍秋是夜鴻鴈稻爲糧古渡猶風浪吾家世于方漁歌東岸起酤酒正斜陽

過大山見老山

蚤發田間道秋風灑客襟到關淮地盡入望楚雲深老大憐今日棲遲憶故林高山何處調空愧古人心

棘院中秋對月

紫蓋峯頭月色鳳凰院裡花香懷人今夜千里何處東山草堂

黃梅道中望五祖峯有懷汪子虛

馬首空濛翠幾重就中高處若爲宗平生不厭曹溪怪今
日貪看五祖峯山逕遙連山寺古白蓮長是白雲封汪汪
生人無多路何日相從上祝融

偶憶亡友王藩甫及姜可叔

穿破是君衣死了是君妻中原懷二子吾友更何疑

送徐郡侯入覲集社

秋風此日灑衣裳楚客惟聽棹相將南極一星朝北斗五
更三點入鵷行多病獨愁常閴寂賢聲此去有輝光朝覲
從容問幽側珍賜還疑出尚方

人日采芳亭對雪卽席呈曹長王德履亭在驗封司
亭外毿毿老樹斜粉墻飛過樹全遮天涯剪綵人爲日署
裡含香玉作花同舍歲深寒自戀試春衣在酒堪賒相將
退食無多暇何事山陰訪戴家

亭中雪甚有懷舊署趙孟顧鄒諸君子
舞盡瓊花片片輕斷腸諸子共飄零白雲封在懸氷鑑玉
署名高自歲星何處漁簑能待我幾回鶴淚憶談經不堪
更話當年事徙倚東西一短亭

乙未春正月二十三日早恭遇　上御皇極門覲天

下來朝諸侯時有烏夷乞封闕下
睹仗春雲擁漢官忽瞻龍衮欲躋攀聲稀玉漏聞　天語
色醉仙桃識　聖顔萬國山呼依北極兩階干舞肅南蠻
自憐捧日心猶壯郎署何妨侍從班

又

詔選宫人昔奏知怪來　朝講故遲遲忽逢　丹扆垂裳
日正憶天言罪己時　先帝初年眞聖主輪臺一詔更吾
師微臣舊有千秋鑑却望調元鼎鼐誰

大条王如水公後補吾廣

嶺嶠春風動地廻兒童又報使君來　主恩綠鬢三持節
驛路青山幾見梅但有夷吾堪重望何須唐諼浪兼才紫
微垣外中書省夜夜清光燭上台

喜用晦至自原易所尋補襄陽

旅夜清尊復此廻了無一句咲顏開況從古越諸山過曾
見新安小范來舉世更誰能我友無人識子佐王才若將
治郡論黃霸異日功名未可猜

新移芍藥臺上

花臺春爛熳芍藥可誰同舊蘂變新蘂深紅間淺紅妍堆

酣曉露力困倚微風開謝尋常事浮生信轉蓬

采芳亭喜傳長孺同舍至共觀芍藥因話二二顧

采采芳亭伴采芳亦采眞不禁花解語况對玉爲人野築明星迥鶯聲出谷新忽聞過二顧飛動更須論二顧何翩翩耽立近可憐青雲還我貴白眼好情偏見面從君過無書只信傳寧知花塢裡吏隱亦逃禪

大司馬葉爽大中丞周爽同時被謗奉

留有寄

司馬勲名宇宙間中丞鎮靜萬人歡遙傳塞外空豺虎共

說軍中有范韓篋滿謗書增倚重天扶　明聖惜才難卽

看河套天王地乘勝長驅破可汙

大司馬丈量移南司空屢疏乞歸不允忽報大捷喜

而集杜

聞道河陽近乘勝初聞涕淚滿衣裳着花不曉神靈意扶

顛始知籌策良殊錫曾爲大司馬老儒不用尚書郎　朝

廷袞職誰爭補正想氤氳滿眼香

司馬丈乞身未允聞已南歸集杜遙寄

想見歸懷尚百憂何時更得曲江遊十年戎馬暗南國萬

里烽烟接素秋可念此公懷直道焉知李廣未封侯杖藜嘆世者誰子天入滄浪一釣舟

周中丞再疏乞歸自縉神官軍而下號留不已集杜却寄

丹江腰金報主身莫云江漢有垂綸扁舟不獨如張翰河內不宜借寇恂獨使至尊憂社稷早聞黃閣畫麒麟致君堯舜須公等歸赴朝廷已入秦

九日與諸曹友同登顯靈宮閣

高閣崚層俯建章況逢佳節又重陽秋聲不入遊人耳紫

氣浮來滿　帝鄉髮短更簪堪帽落客多同調趣花忙明年此會知何處遍插茱萸遍舉觴

釆芳亭奉南羅二長官見招賞菊集諸曹友爲補重陽之會

大隱於今混廟廊翩翩同舍共亭芳深林夕照明樓鳥曲徑人疑遠洞房惱殺黃花仍五色簪看綠鬢賽重陽誰知玉露凋傷後更向疎籬作意香

醉經樓集卷之二　經解類

澄邑唐伯元著

身心性命解

性天命也惟聖人爲能性其心而心其身小人不知天命之謂性也故性爲心用心爲身用劉子曰人受天地之中以生所謂命也孟子曰殀壽不貳脩身以俟之所以立命

道性仁誠解

道無體性無體仁無體誠無體統之以物爲體外物無道無性不仁不誠此吾道與異端之別

醉經樓集　卷之二　一

論語解二

魯論記夫子之言二十篇至矣家語得其十之七荀子劉向大小戴十之五莊列十之三

論語記言嚴謹不敢增減一字惟編次頗雜其義易晦使編次皆如鄉黨一篇則論語可以無解

一貫解

己欲立而立人己欲達而達人己所不欲勿施於人孟子曰苟能充之足以保四海程子曰克擴得去天地變化草木蕃

川上解

維天之命於穆不已天行也逝者如斯夫不舍晝夜聖人之心純亦不已也孟子曰有本者如是程子曰其要只在謹獨

有是解

用之則行有是以行見龍也舍之則藏有是以藏潛龍也用而無可行或所行非所用舍而無可藏或所藏非所舍謂其身行藏則可謂其道行藏則不可

與點解

春風沂水點之誠也吾斯未信開之誠也狂者志有餘而誠不足聖人欲進其不足而裁其有餘故一嘆一悅進之也正所以裁之也惜乎點猶未悟後來解者又從而爲之詞聖人之意荒矣

克己由己解

仁者以物爲體安得有己故曰克己仁者如射反求諸己而已矣故曰由己知由己然後能克己能克己然後能復禮夫學至於禮而止矣克己未足以盡仁猶無私未足以盡道知其解者宋儒中惟明道一人

問耻解

有道穀亦足耻九百粟不可辭不行怨欲可以爲難而不可以爲仁聖人雖因憲而發實古今賢者之通患爲其志不在中庸也賢哉回也陋巷簞瓢爲其志在擇乎中庸也

孔顔樂解

仁者怨乎曰怨己仁者憂乎曰憂道然則如樂何曰怨己故不怨天不怨人在邦無怨在家無怨憂道故不憂貧不憂生以死生爲晝夜視富貴如浮雲

脩己解

修己以敬至於安人安百姓皆脩己也易有太極至於生兩儀四象八卦皆易也謂敬在脩己之中太極在易之中則可謂敬安百姓太極生兩儀則不可

大學中庸解二

大學中庸貫達經緯之説是也而作書之意又若以易爲經以詩書爲緯葢惟天爲大惟學則天故曰大學惟中乃大惟庸乃中故曰中庸易曰大哉乾元君子行此四德者又曰天行健君子自强以不息大學也乾之德莫盛於九二其曰龍德而正中者也庸言之信庸行之謹中庸也此

其經也雜引詩書隨處互發其緯也

大學以規模言其序不可紊中庸以造詣言其功不可畧

至善解

正己而不求於人之謂善正己而物正之謂至善孟子曰行有不得者皆反求諸己善也其身正而天下歸之至善也程子曰在止於至善反己守約是也則合而言之也

格物解

物有本末其本亂而末治者否矣自天子以至於庶人壹是皆以脩身爲本家語曰察一物而貫乎多理一物而萬

物不能亂以身本者也孟子曰天下國家之本在身

知止止至善解

自知止而後有定至慮而後能得始條理也知至至之也在止於至善終條理也知終終之也知止能得則近道止至善則道在我

時中解

君子時中擇中庸依中庸者也小人無忌憚索隱行怪者也賢者之過與不及均而賢者之害尤甚必至爲獲陷阱乃已

中庸至善解

中庸其至矣乎是謂至善君子依乎中庸遯世不見知而不悔故止於至善

鳶飛魚躍解

必有事焉而勿正心之謂儒正心而無所事焉之謂釋易曰終日乾乾行事程子曰鳶飛魚躍與必有事焉而勿正心意同會得時活潑潑地不會得只是弄精神

道不遠人解

道者治人之道也以人治人雖執柯伐柯未足爲擬子思

之苦心亦至矣程子謂制行不以己而道猶未盡此之謂也

致曲解

惟天下至誠能盡其性堯舜性之也其次致曲湯武反之也易曰逆數禮曰曲禮逆而後順曲而後直聖人之敎爲中人設張子所謂善反之則天地之性存焉者也發而不中不怨勝己行有不得反求諸己此之謂致曲

崇禮解

大哉聖人之道三千三百之謂也禮者性之德也道問學

所以崇禮所以尊德性

大經解

凡一代皆有一代之大經堯舜受禪禹治水湯武放伐伊尹放太甲周公誅管蔡孔子作春秋子思述大學中庸孟子距楊墨韓昌黎程明道闢佛老其經綸一也

大本解

未發之中不可求必也格物乎曰知本曰知止曰明善曰致曲旨同而名異至於反身而誠然後立天下之大本

獨解

不覩不聞即人所不見獨也戒愼恐懼即不動而敬不言而信愼獨也小人閒居爲不善不愼獨也無聲無臭皆之義或以爲贊道悞矣

不顯解

於乎不顯不顯惟德詩人贊文王至德也始乎愼獨終乎愼獨學者當儀刑文王也儒者旣於不顯爲兩解無惑以愼獨爲漏言

天鬼神解

天與鬼神形而下者也故言天曰無聲無臭言鬼神曰

見不聞道形而上者也自無聲臭自莫見聞豈待贊乎必以無聲臭不見聞贊道謂聲臭見聞非道可乎爲此解者欲附於不生不滅不垢不淨之旨不知反爲所笑

孟子解二

夫子述而不作羣弟子不敢著書夫子沒七十子喪去聖日遠漸生隱恠子思子憂其失傳始作大學中庸至孟軻氏而異端大起爭喙者多始作孟子二子皆不得已而著書吾道旣明無書可著

孟子一書首尾照應後先互發凡有註解添足畫蛇

告子解

孟子闢楊墨一言而有餘闢告子屢言而不足告子之害甚於楊墨至後代始大

五霸解三

孟子論三王五伯諸侯大夫則五伯爲二等論堯舜湯武五伯則五伯爲三等性之上反之次之假又次之假或成眞惡知非有舉戰國諸侯而無之是孟子之所思也

夫子論小人中庸擬於時中君子也孟子論五伯假之擬於性之反之之聖人也果如許解是擬人不於其倫矣

伯者尊道而讓道於道無損異端賊道而當道誣民已甚故鄉愿楊墨告子聖賢皆闢之不遺餘力獨於五伯雖小之不勝其大之雖斥之不勝其與之斥以正志與以明伐吾儒之道得王而信得伯而尊

說約解

博學詳說與博文同將以說約與約禮異說約者要約之約求會道也約禮者約束之之謂能不畔而已博學詳說則禮在其中約禮與人規矩說約在人解悟

好貨好色解

好樂與百姓同好貨好色與百姓同即老吾老以及人之老幼吾幼以及人之幼皆不忍人之政也或謂孟子姑以引君毋乃自卑以求用其言乎外欲無理外情無性性理不明往往如此

求放心解

仁人心也本心也不可放也始焉不受嘑蹴之食此之謂本心繼焉而受無禮義之萬鍾此之謂失其本心失其本心者放心也由不爲而達之於其所爲此之謂由乎義路由乎義路者求放心也心學之說謂之求心則可謂之求

放心則不可李延平曰仁人心也孟子不是以心名仁羅文莊曰延平之見卓矣二子可謂有功於孟子

立大解

仁義忠信樂善不倦此天爵也大也既飽以德飽乎仁義所以不願人之膏粱文繡也立大也陸氏以立大爲立心其流之禍於今爲烈彼不仁不義假仁假義小仁小義孰非立心皆可以爲大乎否

大行不加解

大行不加舜禹有天下而不與者也窮居不損顏子簞瓢

不改其樂者也程子曰泰山高矣泰山頂上已不屬泰山堯舜事業只是一點浮雲過目非程子不能及此近代陳氏始發其義楊朱二解胥失之矣

性反解

由仁義行仁者安仁堯舜性之也居仁由義知者利仁湯武反之也性之者不可見得見反之者可矣獨復者不可見得見頻復者可矣孟子曰有意而不至者有矣未有無意而能至者也善夫楊雄氏之記之也儒者曰凡有所爲而爲者皆利也又曰有意爲義雖義亦利率天下而不敢

爲仁義必比之言也

好名解

太上忘實忘名其次篤實晦名其次力實生名生名者賢晦名者聖忘名者天夷齊讓國國與名而俱存燕噲讓國國與名而俱喪彼燕噲非好名者也若出於好名必擇其可讓者讓之不至有子之之亂固亦名教之所與矣好名之人能讓千乘之國貴名也

不謂性命解

以性之欲爲性不知天命之性是世俗所謂性也以氣質

己定之命爲命不知受中以生之命是世俗所謂命也在世俗則可在君子則不可君子者反本窮源盡性至命者也故言性曰善言命曰天去此取彼

寡欲解

惟天生民有欲欲不必無亦不能無爲無欲之說者惑也聖人中焉賢者寡焉寡者擇其中之謂也至於中則一欲不棄一欲不留欲我當欲與人同欲是謂中和位育之道

經解凡四

經者學之具也學以明道而易具矣學以理性情化天下

而詩具矣學以爲帝者師爲王者佐而書具矣學以脩身齊家措之天下而禮具矣學以驗天應人明微維分而春秋具矣其理相通其義各別樂無經非失也有詩在也樂章存而器數猶可考也

繹聖經也惟聖解聖惟經解經羲之畫文之彖周公爻辭孔子十翼是也惟賢知聖惟賢知經子思之大學中庸孟子之七篇程伯淳之語錄凡所引是也解字者得少而失亦少註疏是也解意者得不償失今之章句大全是也擬經者勞且僭而無益於發明太玄元經是也誣經者淫妖

恠誕侮聖逆天易傳習錄是也

解經以傳不如解經以經合而解則明析而解則晦故經有一事而前後互發者有一義而彼此互見者盡去其傳註而身體之口擬之不得則姑置之而從他處求之諷詠千週恍然觸類矣

無聖人之志不可解經讀世俗之書不可解經韓子曰非三代兩漢之書不敢觀非聖人之志不敢存可爲讀經之法兩漢近三代若董仲舒楊雄劉向鄭玄徐幹皆其傑然者其緒論往往可採也

孝經解二

夫子有言行在孝經非世所傳孝經也考儀禮凡禮有經有記有傳有義今按小戴內則前一段當爲孝經曲禮雜儀當爲記大戴本孝以下四篇與世所傳唐明帝御制序者當爲傳義合之而後孝經可攷

內則自后王命冢宰至賜而后與之文字宏審精深與十翼相類既自別於儀禮又自別於六經所以爲夫子之孝經

易解四

六經惟易無恙漢唐千家傳註多有可攷不得其解當以一經文爲據

解經之法以經不以傳宜合不宜折凡經皆然而易尤甚今之讀易者未解繫詞先解爻彖未辨枝葉先認根苗是孔子誣周文而周文又誣伏羲氏也此折之尤舛而自以其傳代經也

易之彖詞象傳爻詞爻傳不妨合爲一卦惟大象當自爲一傳文言又當自爲一傳大象者學易用易也文言豈惟乾坤二卦有之上經八卦九爻下經八卦九爻散在繫詞

詞皆是也合之共爲一傳不特文言爲全書而上下繫亦
自朗然
易有文錯者如雲行雨施當在時乘六龍之下是也有文
不錯而句讀錯者如後得主爲主利是也有字不錯而反
以爲錯者蓋言順也當作慎是也

乾坤解

天地日月寒暑晝夜水火男女乾坤之可見者也極而推
之凡超形氣者皆乾凡涉形氣者皆坤凡善皆乾凡不善
皆坤凡中皆乾凡過不及皆坤乾之亢與弱處即坤坤之

順正處即乾易逆坤順乾之書是故逆數

九六解

易有用之用有不用之用乾元用九與河圖虛中大衍除一意同葢一三五七九皆乾二四六八十皆坤乾不用一用九用九所以見一也一者天則也五以上始數皆乾六以下終數皆坤天一始水地六終之地二始火天七終之天三始木地八終之地四始金天九終之天五始土地十終之坤用六以大終也大者乾也乾之用處即坤坤之不用處即乾用九以奇偶數分乾坤用六以始終數分乾坤

故謂之易

初上解

初卽下不曰下而曰初舉初以見終也上卽終不曰終而曰上舉上以見下也初以明本末上以別尊卑亦六九之義

始生解

乾元資始始我者生我者也坤元資生生我者殺我者也

貪生者爲凡民甚則夷狄禽獸知始者爲君子合德則聖且神

書解二

帝王之治本於道是也而道何本哉曰本於身可也曰本於中亦可也而解者曰心謂桀紂非心可乎帝王之道在執中而身之中以立本而身以表則故曰允執其中曰慎厥身修互見也以心爲中心難中也以心爲身民何則矣開卷之錯不可不慎

堯舜皆聖也堯會生知之全舜開學知之始故論道則稱堯舜論學則斷自舜而不及堯顏淵曰舜何人也予何人也孟子曰舜人也我亦人也後有作者文王似堯孔子似

舜顏伋思孟程皆舜之徒也

詩解四

詩始二南樂淑女而歸百兩坤道也終雅頌純不顯而躋聖敬乾道也

關雎秉彝好德休休一介臣也地道也臣道也妻道也德在此福亦在此所以爲后妃之德所以爲南風之始所以爲中聲之寄君子得之解慍小人得之阜財人而不爲二南故猶墻面

豳風豳雅豳頌是周家一代元氣宇宙間萬古元氣貫者

王忽者亡惟影響

詩贊文王不顯與天載同贊其德也史稱西伯陰行善天下諸侯來朝稱其時也具於穆不已之德又當儉德避難之時所以愈不顯又所以愈丕顯與大舜玄德同

禮解三

古之學者學禮而已矣古之觀人者觀禮而已矣三千三百無一非仁故典曰天序禮曰天秩動作威儀之則日天地之中

恂慄威儀鳶飛魚躍

禮儀中有記有傳有義大小戴記中有經次其序比其類禮之大畧可以槩觀詳具禮篇

春秋解三

春秋尊夏尊王尊天尊道扶天綱立人紀所以托天子之權行天子之事

春秋責己謹嚴待人平恕故夷而夷則夷之夷而夏則夏之夷猾夏變夷則誅之

左傳中載冀缺劉子二段是三代以前聖人相傳格言失其姓氏如曲禮序首引毋不敬數語非皐契伊周之徒不

能道也

諸子解附七

養心莫善於誠書之作德日休也聖人教人性非所先曾論之性與天道不可得聞也儒者非之正坐此慎表章大學自韓退之始表章中庸自徐偉長始合大學中庸爲子思經緯之書自賈逵始

闢佛老尊孟子千百年惟一韓子其功在吾道爲漢唐儒者一人

鄭康成朱元晦皆聖門遊夏之列而特起百代之後事難

而功多鄭師馬青出於藍朱去程門未遠源流各别
孟子之後一人非正叔不能至此然正叔所造竟讓其兄
夫然後見獨智之難也張子厚醇正不減正叔而才矣之
然均可以爲弗畔周邵則自爲一家過則陸甚則楊吾不
欲論之矣朱子能解正叔而間雜乎周邵其去明道則已
遠不可不辨

楊子雲美新論劉靖修渡江賦爲千古不白之疑或曰遜
言或曰僞作或日以秦美新是秦而甚之也渡江特不能
違也要之違心焉耳矣詳其語氣大顛二子故難語僞雖

然凡售僞未有不假眞者僞乎僞乎吾以二子之生平信之也

國朝正儒莫如薛文清高儒莫如陳白沙功儒莫如羅文莊使三子者不生考亭之後得遡明道之門俱未可量

醉經樓集卷之三　序類

澄邑唐伯元著

湖廣鄉試錄序

萬曆辛卯秋楚當比士
上命臣伯元副科臣應登往試之錄成臣當有序載末簡
伏念臣起謫籍濫儀曹行能淺薄愧無寸塈以報
恩私茲幸托掄才之義少酬萬一何敢無言以諗諸士乃
諸士夙稱楚材臣即有言度無能居其意外者無已則請
與論易可乎䓁臣嘗讀易至夫子繫乾之二三爻一則曰

存誠一則曰立誠而竊嘆言學者莫辨焉夫乾之德聖德也九二龍德正中爲誠者之聖九三重剛不中爲誠之之聖聖不同而學同學不同而誠同蓋至於誠則聖且天夫二與三皆天也何可及也乃其論存誠則始於庸言之信論立誠則修詞之外無他語又何其寂寥簡實雖愚不肖可勉而能也然後知聖以誠修誠以言立匪是悉邪也而忠信隱矣是夫子之所痛也夫學者有大患二一患無志有志矣患不誠誠與志合則隨其高下之資皆可與共學而之道蓋昔者狂簡在聖門最號有志惟是言過高而行

不掩故夫子欲歸而裁之喟然之嘆誠與點也非與其志也與其誠也若曰點而用世其上下三子乎抑進而古之人古之人乎吾不敢知也點而云云吾所諒也不意點乎日嘐嘐無當而一旦自量之審如此蓋其裁之之意所以進點也他日使漆雕開仕開曰吾斯之未能信子悅其誠也蓋亦與點之意也觀夫子之進點開裁狂簡而學之惟誠誠之惟言也如是夫士安可不誠又安可一言而去誠也雖然臣則不敢以苛求於今之士矣狂簡在聖門稱高第去中行甚邇又得聖人而師之日皇皇學以求至於

聖人然且有行不掩言之病况今之士習章句工射策一
於文字之色澤而主司之投也當此之日欲令言言皆誠
皆出於行之所掩是以聖門高弟之難能者而責今之士
以必能則臣已先自愧矣傳曰君子有諸己而后求諸人
臣何敢以無諸己者求今日之士且邇來釋氏之說盛行
學士大夫反驅吾儒以佐之認精神爲聖眞委載籍於理
障其以藝文自高者則又土苴六經唇吻子史而欲以當
不朽盛事始爲人欺卒於自欺士之不誠宜未有甚於今
日者當此之時即有大賢君子者出而爲一代之師或猶

未能掇什一於千百況以章句求章句而取必於一日之
遇乎此臣所不敢也
聖天子敦崇上理端士習正人心之
令無歲不下期與多士更始而竟未收得士之效臣竊耻
之而臣又無力以維之不能有諸已以先之則臣與諸士
均有責焉而不敢復求於已往也臣則以爲立誠請自今
日始蓋人之知能不同而其大小又異無小大無不知無
不能者聖人也大者知且能矣小者有不知有不能君子
也不務易知易能而務難知難能小人也不知以爲知不

能以爲能妄人也以不必知掩其無知以不必能掩其無能妖人也士卽未能盡君子望聖人其不甘小人明甚奈何爲妄爲妖宜士之所共耻也今諸士籍邀天人進退古今敷陳理法則犂然具矣果執此用世乎果皆斯之能信乎能信且用不足爲士喜未信且用不足爲士病臣所謂自今日始者也夫知不知智也能不能才也非誠之謂也才智勞而誠逸才智人而誠天才智有涯而誠無涯夫一德立而萬善從勳業文章皆從此出惟誠爲然臣願與諸士共勉之昔人有藏璞者不知其中美也大索於肆而不

可得然後以付工人工人剖而辨價千金於是始知自寶而深悔向者之悞夫既寶矣何悔爲諸士誠知自寶而勿爲已往之悔是亦臣與諸士立誠之初也承直郎禮部儀制清吏司主事唐伯元謹序

醉經樓會序

友必賢與仁歟其志愈高其合愈寡借千載而上萬國而遥不可以數數遘借遘矣不知我當其人又未也以彼遘之難而我當之又難也將子子而已乎非也無美知音無憂寡與隨吾所處蓋有難遘與當者矣曾子有言親戚不

倪不敢外交近者不親不敢求遠常誦其言以爲交遊之
法友人南城王惟一氏與余相期遠相得深也葢自同舉
進士時旣十年餘而來丞吾郡也乃會余謫官海外其明
年幸蒙
召還又明年始得告省覲於是復獲與惟一旦夕持觴相
過娛往時每及出處沉浮之概大都惟一猶余也則又勉
勉以毋忘交警之誼惟一日吾吏於茲日跂子不至也吾
好與博士李君遲談其鄉縉紳中則毛公紹齡蔡公汝漢
鄒君廸蔡君德璋鄭君育漸諸君子者吾樂親焉惟茲城

東鳳凰塔稱勝最子記在石吾將以公暇會諸君子及其他勝處諸君子辱許余矣子其毋後余謹諾自是會或城中或郭外或飛閣層樓或浮屠梵宇或臺榭臨流或洞巖秉燭或密林間幽徑或平湖上廻峯或下或登或方舟或椅檻惟其所適期或旬餘或逾月或經時不舉或五七日再舉值景物之既妍但公私之有便未嘗辭免席坐三人止於四果六肴湯飯再之或三之惟時蔬酒茗必具座中談論品藻止於經史文章孝子廉夫貞臣烈婦及乎英童樸叟方外羽客之儔或雜酒令戲謔不及時事飲或巨觴

或小酌或與劇而頹然或麻羅[illegible][illegible]莊[illegible]不必其醉至於寓意或要聆寄興或支孤名說之不可竟祕之不能者則每於會後題詠焉發之蓋雖不敢慕昔賢之風流亦可謂極其情之所至者也夫丞吾郡者衆矣如惟一者今所稱賢大夫也博士斌斌哉國人所喜得師也毛蔡二公余為生時習遊也鄒君與余並領鄉書蔡鄭二君有早歲肇研之雅既近又戚也孔子曰居是邦也事其大夫之賢者友其士之仁者余誠愧賢與仁亦何敢過譽今日之同遊以為高後代若曰近也戚也吾願悅且親焉誠悅且親吾道庶

矣而未易言也夫所謂悅且親非其外之謂也竊懼吾之不足以當諸君子也因諸君子見吾不足孰謂仁賢不在茲乎不在茲乎會起丁亥十有二月至戊子秋而惟一有校士省闈之行博士且上春官値余醉經樓成諸君子乃會餞於是而屬記於余其樓在城西小西湖上有小景見詩中故不著

寄聲集序

學何爲曰爲道詩何爲曰爲學詩與學同方乎曰否學北方而詩南方今之詩與學猶古與曰惜也古兩得而今兩

失也然則可得聞與蓋吾夫子十有五而志於學其論志曰志於道曰興於詩至於贊詩往往曰為此詩者其知道乎興言志道言學也故學不志道不如勿學詩而無關吾學也不詩可也斯道也何道也堯舜周孔之道也古初大聖多出北方稟扶輿之正氣以君師天下立極萬代陳良楚産也能悅周孔之道北學於中國孟子至以豪傑士歸之蓋北方之學有自來矣若夫詩則不然昔者舜操五弦奏南風以薰六合夫子删王國之風名曰二南南者南風之義也關雎窈窕淑女鵲巢於歸百兩均之舍己求賢

則二南之義其最著者故有關雎而後有螽斯有鵲巢而後有小星而麟趾騶虞應焉說者謂唐虞太和在成周宇宙則二南爲之也斯義也可以治心樂善不倦可以酬物不忮不求可以相天下休休好彥聖君子得之解慍小人得之阜財故子謂伯魚曰學詩乎又曰汝爲周南召南矣乎學先詩詩先二南其益宏遠矣解者不得從而爲之辭曰南者自北而南也其序關雎則又附會於不淫不傷之旨其義既湮其詞又下遂啓儒者矯枉之過至以后妃之德爲文王求后妃焉知其流不爲導淫爲長怨愈失而愈

遠也此夫子所謂面墻也夫學[illegible]而詩和學禮而詩樂學乾健而詩坤順也學之弊也剛不勝慾宜北而南矣詩之衰也溫不勝厲宜南而北矣南北偏勝而中和道亡矣故北人宜南聲也而學必北南人宜北學也而聲必南吾夫子之惜子路不云乎先王制音奏中聲以爲節流入於南不歸於北夫南生而北殺也及子路懼而悔靜思不食至於骨立夫子則又喜之曰過而能改其進矣夫其惜之也惜其不南於聲也其喜之也喜其能北於學也夫道有相反而實相成者學與詩是也郡侯蘄水徐公楚人也雖不在

南聲生同文之代家周孔而戶詩書雖亦不在北學顧侯以早歲登第居相里出相門初仕令尹而民爭尸祝之既才且雋竟不甘受其識扳沉浮中外二十餘年而後守吾郡也或者處此無論聲不能平即宿昔所持幾何不改乃獨能凝乎其氣粹乎其容不見有幾微戚戚於天與人之意世謂楚人深於怨而侯無之今其寄聲集可考也斯不亦兩難乎哉夫聲生於人心而妙於感人歸在和樂而已矣和樂者無憂無怨之謂也無憂者憂在天下國家無怨者反求諸己故無憂無怨者聲　有憂有怨者學也學不

改北而聲不易南夫是之謂中和中和者道也吾未敢論侯之學而能知其政世人未能知侯之政則請聽其聲其和樂感人一也孟子曰仁者愛人又曰仁言不如仁聲之入人深也愛人者學道者也仁聲者南聲也茲侯之所由寄也

龔刺史文集序

文惟古剽陳言而矜其似古乎文惟新互艱字以飾其奇新乎夫文傳而已矣不古且新則不傳如是而爲古且新也亦不傳蓋必有所以傳者顧未易諭耳成弘以來言文

者爭治左國史漢以取榮譽於時至嘉隆尤甚余少時偶讀一二家而喜之間有論著人稱能焉久之知其文之所謂古且新者非然也必如是而後古且新寧不古不新也既悔恨不復爲而亦不復有能文之譽矣歲庚辰移官留曹得從今嘉興刺史龔大夫後未幾而大夫擢嘉興以行同曹君子謬屬贈言余謝不敏大夫至嘉興及朞政成爲江南第一而同曹之申督猶未已然余竟未有言余之意謂大夫雅擅作者如其好尚出於今人則余言無當也同曹之督蓋知余少時之能而不知今之不能也以是竟負

同曹而亦無以自白於大夫今年夏余以得請南旋道出大夫治所承枉江干坐語移日因出其生平文集若干卷示余余拜受而竟業之撫今追昔捲卷欷嘘於是乎甚愧而無以自解蓋余居留曹既余四載始謫海外已乃稍遷畿輔司理尋還　闕下遲回郎署又且逾年乃大夫以政績尤異天子錫晏特嘉不欲奪郡人之嬰兒慕也懸殊界以待大夫暫歸之郡當是時大夫之爲嘉興滿六載而余辱游於大夫七載矣竊念大夫化行東海聲實加於上下爲當今名刺史一人而余獨偃蹇無命於嘗既不能不慨

於歲月之邈及讀其集則又獨有契於余所云古且新而能不爲今人必爲今人而寧不古不新也何大夫知余而余不知大夫也余於是雖欲有愛於言而不可得已大夫之文無意於傳而又以屬於非其能如余者恐愈令今人不好顧大夫自有所以傳者無待余言余之不量而承命則以明今昔之愧云爾

雙壽序

福莫盛於名德莫損於名故以天下之廣生人之衆賢人之生也不地聖人之生也不世䌓賢且聖則誠名與福矣

乃其名在身後其福非一已雖賢且聖不自知也況當時之人乎其較著而爲當世所榮艷則莫如科名矣故以天下之廣生人之衆士之得與計偕者約日生一人而止耳其進而擢高第官華要則月不能一人又進而位樞軸列公孤則歲不能一人其名愈盛則其生愈難凡以一人之人而當千萬億人之人者苟求其自皆可以卜其先世勤修之德也獨其所謂勤修者類庸常而無奇祕密而不露即其子孫亦多不能知不能道彼其子孫且以賢智貴倨藐其先人也則有居暴族里出毒生靈既毀前脩且殃後

代者此可以物論已乃慕名太高之徒多爲矯行詭說以邀世俗尊己乘人之敗以自成掩人之美以自張惟名之所在而皇皇焉此其人亦足有聞於後然視之庸常祕密之行何如也夫道越乎庸常功滿於祕密而以取名者皆物情之所忌也故曰太上不德是爲至德至德無名是以完名君子觀於盛損之間可以考福矣友人許思士氏世居揭陽自其尊府先生起家賢科仕爲東流令尹致政歸蓋年六十而君繼之比君爲順昌令尹致政歸年六十一而令仲子又繼之揭之爲邑文獻望於天下其父子祖孫

塋迥甲子而聯名桂籍獨見君家而君之子若孫與其諸子姓又滚滚其方來也人但知君家之福之盛而不知所以致此者其淵源遠而累積深矣夫求名易求道難可大易可久難上方未遇時茹苦嘗艱不求勝人惟求勝己已一勝而道生世俗之見爲柔懦無能者乃吉祥之所止也一都貴顯輙思上人以明得志不溺以自汚則矯以驚俗二者之清濁雖不同而均之道所不載夫道所不載者其禍與福可知也元及侍東流先生而與君二十年游好見君家父子行之官行之鄉一如未遇時油然仁人長者之

[illegible]殆託庸常崇祕密不欲令世人聞見者於其昭昭而益
[illegible]信其冥冥也冥冥無已昭昭亦無已吾見君之家將有
[illegible]生之人歲生之人為世所榮艷又將有不地生之人不
[illegible]生之人為世所不能知者非一時之名而萬世之名非
君之福而天下人之福也仲子歌鹿鳴過里壽二尊人曾
余友士至自楚也邑之大夫士見屬一言詩不云乎愷悌
君子求福不回以為君壽

雙壽贈言

凡善之易於諛聞者非其至也一技之能人可指而稱也

多而愈廣矣一節之奇人樂傳而誦也甚而愈溢矣稱誦名也名盛其於實也浮浮善之累也夫善果爲吾累乎哉善天也彼其爲之者猶人也夫善無能也無奇也空其中同其物其行已也庸其自處也下愓人之所不見而遜世之所共爭彼其視天下人皆勝我也人之視吾歉歉若不足也烏知其爲善也夫已不自善而人亦莫得以善我其於善也天乎未有樂乎天而猶希乎人者亦未有天定而人不勝者夫善天而已矣友人王用晦成進士十有二載始以戀安令滿秩得　封其父如其官母爲孺人男海既

稍遷留都司寇郎又五載則封公年七十有四而孺人亦七十矣留都大夫士相率謀所以壽封公若孺人者使來徵序君子於此而竊觀天人之際也葢封公早歳以諸生治應制家言尋卽棄去又了不問生人產孺人克安之佐之孝養太母備至封公喜封公雖以子貴顯里居簡出不欲郡縣有司望識顏面性易以方□　好惟好讀書既老矣益用自娛當其欣賞輒手抄錄編次至累牘盈箱未已此其所存必有異乎人者王氏家於永嘉稱世德吾未暇考然自封公以上必有厚積不欲人知而人亦不及

知者以封公之今日信之也從古人家出才子孫將大其族也非有累善自其先世不能然往往於科名貴顯之身而掩之夫科名貴顯者固才子孫也而掩者恒多大者恒少則不知其先累之之難也或知其累之之難而其所以累者莫得而稱曰誦也何則彼其爲之者無能也無奇也但見爲不足也人不及知而知之者天也元與用晦同舉南宮同知慕學其操尚與世齟齬亦偶相類至語道理不苟爲合而獨諒其志之不安於人也故夙有所願於用晦乃用晦當愛日之年以養志守官不得承懽膝下歲時卒

諸弟子稱觴拜舞堦庭其情最難語解有似夫元也輒申是說期共勉之夫學求天知而已矣况承家法大前修在我後之人乎然元未能定乎天而欲用晦之盡遺乎人也用晦未宜輕信我也詩曰無念爾祖聿脩厥德

送胡秀才序

上之二年余始令萬年邑有胡生以宗者以童子見其時已學聲句能道經生語其明年余調泰和生至泰和又五年而余轉官留都生又至留都生之心切切以就余爲幸而余實無益於生也生回自留都始補博士弟子自是不

相聞問者垂十年矣今年正月忽一日見生於京邸余大驚愕以爲夢中也京邸非仕宦賈客不到萬年去京師六千里而遥生又貧甚無遊資其行也無侶伴無童僕且當嚴冬凍裂之候間關匹馬何爲乎來意生必有以而生曰無也居之邸舍逾月而告歸生自問業外無一他語始信生之來也亦泰和畱都之意聞者以生爲大異余亦大異生然竟不知余有何益於生也聞生早失配鰥居者多年有同胞兄一人讓其産五分之四歲以教讀佐菽水以養其父生家居事多異類此聞嘗詰生不娶或爲貧也以非

禮之讓讓兄毋乃非所以愛兄乎設治之以官兄繼繼慝其可庇乎是陷之也甚矣生之好異也而余又何敢以異處生蓋嘗讀韓昌黎答竇秀才書近於絕物及觀近代王新建送董山人序則又誣民已甚余於生義不可絕而又不敢誣也序以送之願生勿以異人者異人而以同人者異人如有問我者亦幸勿謂我有異於人也

學政二篇贈李維卿出撫三楚

學篇曰夫學以反己爲要以脩己爲功以推己爲驗歸誠其身而已矣不怨天不尤人在邦無怨在家無怨反己也

庸言之信庸行之謹不動而敬不言而信脩己也己欲立而立人己欲達而達人己所不欲勿施於人推己也孟子曰苟能充之足以保四海程子曰充擴得去天地變化草木蕃此推之說也學者於能推庶矣其或推有不達則如何反己而已矣反己如何如舜而已矣自古聖賢不達於家無如舜瞽瞍是也不達於邦無如舜有苗是也負罪引慝在家何怨班師振旅在邦何怨無怨己歟曰非也無怨而後自怨自怨而後憤悱生學問長大智出焉故曰舜其大智也歟舜好問而好察邇言又曰好學近乎智亾哉學

問乎無哉反己乎反己無盡故學問無盡而修與措亦無盡必如是然後誠誠至而不動者未之有也舜之若瞽瞍格有苗是也故學問之道反己而已矣君子之於反己也終其身而已矣孟子曰君子有終身之憂又曰仁者如射則反己之謂也

政篇曰儒者有言古之治者純任道後之治者純任法非也未有離道而法亦未有法毀而道獨存者然則道法今古之辨何居曰古者道揆於上而法守於下其在後世上不信道而下廢法也試觀今之天下猶可謂有法乎今之

官尊權重出而撫治一方惟都御史都御史持三尺肅百僚乃諸司相競道路逢迎時節慶賀若交際然者是賓之也果餽常供之外又爲私交是貨之也都御史寄耳目於司道郡守而司道郡守得以私其所屬寧負都御史寧負百姓寧負朝廷而獨不忍一吏是背也官以巡撫爲名跡不及於境內吏弊民隱闇不聞知而臧否一聽司道是具位也巡而騶從供億爲官民苦不如勿巡也公費不行巡按而下一切取辦州縣是誨之盜也州縣實徵冊籍十無一二賦逋訟多皆由此起上下相仇遽稱難治是誣民也

追徵書差志在火耗每具一獄而連坐者多至五六人或十餘人是不及而掠也今之天下大率類此猶可謂有法乎都御史代

天子專制一方諸司有過其責在我一夫不獲其責在我今若此猶可謂執法乎當事君子似不得不起而更之也不更不忍更之而無其方不訓請與諸司約凡上官所至以王命臨自廩給外一毫不得具供有司蠹政之尤者不時論劾必載道府考詞不容私庇夫節用必自公費始便民必自實徵始近行條編非無公費也上每侵下而額不

定也司道府州縣衙僻不齊當有定額州縣歲百金量增至倍而止司道府歲二百金量增至倍而止州縣之獨當孔道者得如道府之數撫按額一千兩過客有廩給則下程省矣尊者餽下程則卑者罷矣故行公費者省費者也州縣之難在賦與訟以實徵難也有能刻書須守者急賞以風有位則在在嚮應而賦清訟簡如是而猶有汚吏則火耗而已耳罰贖而已耳投櫃在官登簿在官而折封付之經收匠作凡羨餘悉免解費凡轉解悉照原封則官無帣矣州縣聽訟應自問斷者所逮雖多坐其尤一人而止

漕治亦輕矣嗟夫公費華而盡歸驛遞賦金去而盡輸倉穀必如是而後足國富民此王政也今未之能言救時焉可也乎居以此責成道府巡行以此考覈州縣閭巷細民令得自訴而時加詢訪焉故耳目不可欺而幽隱畢達然而法不行者未之有也或曰若子言則法也如道何曰法者治人者也道者自治者也本末先後可知矣吾友李維卿氏之出撫三楚也責一言於元維卿氏學道者也責己必苛而待人以恕其學與元同至於恥言而果行則元不能及知維卿氏之道者宜莫如元也故其於贈行也畧於

道而詳於法雖然必法乃見道必法行乃見學道之功在三楚矣子曰君子學道則愛人何幸於吾友之行親見之

贈楊比部出守眞定序

今之直隸郡刺史內視京兆外視方岳稱大府而體尤崇地尤重幅員尤廣則莫如眞定異時大府秩滿進副臬或累資至叅藩而止其以高等破例人爲京卿則始自今日比部楊君之行其重矣哉夫刺史之難大都起家郎署易困以未嘗不則人與地不相習五方情俗非其詳也比部南人歷守三州其二居北最後爲定所至皆有聲稱定眞

厲也舊愛在民弦歌之聲尚盈人耳今之來也行在未令信在未言入其境則如見里中父老子弟在比部又何難於真而余獨謂大府之責與州縣異州縣養民而已矣大府則養賢以致之民真有三十二屬能盡賢乎端己以標於上簡其脩且良者而教不能董不率於下凡以養之而已矣吾見世之爲府者好長厚曲護所屬不復問有無澤於閭閻與否而矯焉者又暴下短以賈名高非復
朝廷重大府之初意矣故大府養賢小府則爲賢者養不賢者化焉夫然後致之民豈惟致之民亦以致之君致之

君是謂以人事君以人事君大臣也是謂大府

送歐陽生序

余令泰和時識歐陽生曰篤於諸生中篤而文以爲難得比移官留曹生以稟生援國子例居南雍旦夕從余問業生困鄉闈久亦竟不得志於南雍遂棄去復補例得拜郎官級七品丙申二月謁選授關中叅軍叅軍卽貴不足以當生才關中又去生鄉極遠非所宜之値余司銓而令生之之之也余雖愛生力不足以成生名而又處之以不宜之一之地益兩惧生意生戚戚於其行也然生已棄科名如

脫蓰務何有一官而若不薄一官也者其行也飄然無難色不爲祿仕不爲名高余且不知生所解況望世人能知生也生且度關試問關吏或有昔時望紫氣者乎爲我問曰知我者希則我貴道耶德耶偷生之意亦其然耶

銓曹儀注序

余初識人事則聞京師有一千八百江東子弟之謡蓋嘗是時銓曹臺省相與乞官柄國其値如此則未嘗不怪世俗之過於貴銓曹也夫銓曹貴人者也貴人者無値凡有値者皆貴於人者也使無値而爲有値貴人者而至貴於

人也可以觀人亦可以觀世其失葢自禮始矣自余承乏至署則已不聞世俗之所貴而又未敢其自貴一爲廊廟喜一爲職守憂頗疑國家之制未曾盡以貴人之柄畀銓曹而竊焉者冒爲利藪則又何怪乎人之貴之而至於失其貴也居久之搜出掌故而考據於諸司職掌然後仰見

我

聖祖建置之意深長之思無論太宰禮體殊絕百僚卽以郎官之微寄之以進退人才大柄贊太宰而肅羣工如彼其重也奈何其不自貴而令人之貴之耶葢自嘉靖以來

幾於蕩棄其籍官以天名而體統之藝至與諸司等其不
至以値上下於時亦其遭逢之幸耳嗟夫
國初儀文之盛不可復考矣聊摭其未盡去者約畧而存
之俾同曹君子是訓是程相與以無忘自貴而不至貴於
人也庶幾其不負
國
國若曰貴官也非我也未有我不貴而能貴官者我則不
官而貴而況官也是又所以不負天天者我也知天在我
而後能貴我能貴我而後能貴官能貴官而後能貴人傳
曰思知人不可不知天是謂以天事君是謂天官

醉經樓集　卷之三　廿一

醉經樓集卷之四 記類

澄邑唐伯元著

潛龍鯊記

南海有巨魚焉曰潛龍鯊一曰金龍鯊魚種而龍者也戊子春三月海山漁人網得之長五尺許重百觔其小魚從者數千至不可網漁人載潛龍歸識者過而求貿焉價一金弗與也剖其肉而食之甘諸骨皆柔脆盡食之惟鱗堅不可食曝而藏焉其鱗大者如掌可爲帶或酒器之飾小者中雜佩脊一行片一十三腹二行片如之兩翅兩行各

片三十漁人囊其鱗遊閩越間莫售者屬余里人見予予解其囊諦觀焉禮款而遣之去已而思之蓋有起予者乎脊一行腹與翅行各兩者五行也天地之數各五也脊單腹偕陽奇陰偶天一地二也十者天地之成數天十而餘三三三則爲九乾元所以用九也地二十而餘六陽進而陰不能也坤元所以用六也翅三十者一月之數也兩翅合而甲子一週也總之九十九片羣龍所以無首河圖所以虛中大衍之用所以不滿五十也嗟夫易教也

平遠縣儒學文廟記

玄鳥降司徒出收八卦六書之精華敷教遜品以贊唐虞中天之運與巨人司農同功司徒資始司農資生詩曰天命玄鳥降而生商天命乾道也又曰思文后稷克配彼天配天坤道也乾統坤者也此教之所自來也三代之盛賢聖之君醇龐之俗惟商最著蓋教化之效如此周之代商也箕子陳洪範於武王開八百年之天下周公繫易至以明夷六五當之五君位也若曰道在亦位也說者謂商周之際道在箕子近矣吾夫子生於晩周酌百代潤六籍世皆知其集帝王之大成而不知其家法固爾也知其爲後

王後學慮至遠而不知天命之也春秋一書至自處以天
而不遑恤罪我畏天命也其曰某也殷人也茲生平之微
意也孟子曰自有生民以來未有盛於夫子天非厚一姓
厚夫子也非厚夫子厚吾道也語曰不班白語道失又曰
醫不三世不服其藥嗟夫毋惑乎天生夫子之難也孟子
之賢能脩其業尚以地世之相邇自賀則董仲舒楊子雲
徐偉長文中子韓退之數君子者生於漢隋唐之間皇皇
羽翊吾道其功顧不偉歟又況乎尋墜緒出遺經若宋之
二程與周張邵朱諸君子不尤偉歟間嘗爲之論曰孟子

至矣知孟子者韓子也伯淳至矣知伯淳者　正叔也其於吾道又功之功韓子亞於孟子亦猶正叔亞於伯淳其餘可推已甚矣任道難而知道亦不易也　國朝京都郡邑必有儒學必有文廟人士誦法必夫子其誦法夫子也非六籍不程非　制書不訓似乎斯道大明而求其通大義知向往以進於夫子之道即畿輔以下通都大邑儒紳學士或未敢當況五嶺之外草昧新造之邑乎平固新造邑也邑成即廟因材於山木三十年且圮萬曆壬辰冬署博士事何君文偉至即以白令尹王侯嘉忠侯慨然爲立削

牘上請而先下其材之可用者既再請始得報可則出公帑所賦賈鐵金百餘新之不踰時告成而博士馳使者走千里求索一言以諗多士二君之於斯舉何其果而善成也夫學猶射也其望以標其至以彀其中以巧標與彀具則巧存焉余既敘夫子之所以師萬代與後儒之標其傳者樹之標而又即二君之果以成者導之彀至於巧則吾不能言在善學者自得之耳十室之邑必有忠信其如好學不如夫子惟平新造忠信未漓其尚知所好哉望之至之必自程子始矣

平湖記

夫名其生於不得已乎意而附不如勿名夫事其成於不得已乎意而因不如勿事生焉成焉者之謂聖附焉因焉者之謂賢聖吾師也賢吾友也百工於大匠射於羿御於王良造父七十子之於仲尼禹稷契皋伊朱周召之於堯舜湯文武亦各事烈而名高矣而吾以爲不必然者何哉則得已與不得已之説也彼果不得已則吾亦不得已如肌膚性命然其信且從彼與已皆不得而知也其不然者猶意之也子使漆雕開仕曰吾斯之未能信夫信之風

已下況未信耶雖然茲其戸以爲信也未有不自信而能信人者彼急於因附者將以求信天下而不覺其欺已可欺天下其可欺乎吾潮爲郡左江右湖而鳳凰山峙其北當宋盛時實應鳳嘯湖平之讖湖與鳳之爲靈昭昭也及於　國朝人文雖朗猶稍不逮湖在城西僅容杯水若無足爲郡之重輕者自泰和王公持憲節開府在郡旣政行人和歲登每於公暇遊憩焉謀諸郡守徐侯覈籍清界捐貲募工拓之疏之橋之堰之濉其瀰漫而洩其洋溢出古石刻平湖二大字於湖山之下自是郡人始知郡西有

名湖然猶疑公寄與云爾未幾復市城南汙澤二頃闢爲南湖復濬西南之濠深廣倍舊而東接於大江夏秋水漲江與湖平如虹如帶冬春之際江流稍下獨此西南湖常滿其餘流足可灌田數十萬而烟波之浩渺城郭之雄麗風氣之含藏回首鳳山人間天上葢非郡人心思所及亦非所敢望於公者殆若或啓之而若或相之即公亦不自知歟公嘗開雙美堂於城北金山絶頂以收江湖之勝而方舟日裊嫋湖上郡縉紳士常獲從公登臨題詠盈卷余雖不得後然有以知公俯卬之間無往而不樂民之樂也

郡人亦能知公之樂在民而不知非公得已也余是以觀公矣方

上冲年權相用事其自署門生朝齒錄暮要津有未經識面者公獨以棘闈拔士甘處疏逖其時爲令竟以高第六載僅入爲西曹郎而公無不意得也余頗竊異公而猶其細也新學之行吉州爲盛以羅文莊之辨且脩而不能廻狂瀾於萬一及余吏令吉州見州之裒然領袖諸君子未有不極口新學者顧獨與公入計及其里中往還數歲不聞公出一語也但論吉州人物必推文莊爲第一人余雖

不欲以失其所因附爲公惜而亦未敢以卓然者爲公賀竟未有以定公由今而觀殆漆雕開之旨歟余於是乎慚負公矣余嘗謂吉州爲天下望郡此風不止如吾道何今觀於公猶幸而吾言不中也公謬過信余常命籌郡政之宜與罷者至於或行或否必出其中自信斷斷不苟徇余嗟夫此乃公所以信余也於是公晉叅知兩浙行矣縉紳士謂余知公首宜有贈并記盛美會余抱病者經歲且禮在不言山居之戒向新而媚人之嫌猶避也葢余之不能言者四烏得贈公然猶曰無已則記可乎記亦言也不規

不頌而郡事徵焉余與士民之情各有所寄焉似欲已之不得也公不苟狥余余其敢媚公乎嗟乎孰能信吾言果不得已乎公名一乾徐侯名一唯俱辛未進士郡人唐伯元記

壽安寺記

釋氏無壽者相若爲言壽釋氏宗苦行若爲言安吾聞之矣有生不生不生生生夫壽與安亦復如是然則吾儒之道固有漏歟易之坤言生也狥生者殃乾言始也知始者慶易爲逆坤而作逆坤者順乾也於是乎生生故曰易逆

數也又曰生生之爲易然則儒亦釋歟非也儒生中州推其道治天下釋生西土脩其道化彼國治之者以禮樂文章化之者以清淨寂滅如必捐我以就彼何啻鳥潛而魚飛之反其類也雖然安見清淨寂滅之非吾禮樂文章也吾儒談尚之者過而諱之者亦過也王者如天以容以育譬之昆虫草木各若其性而又各盡其用大哉

聖祖之制所以統一萬彙而獨高千古也潮之西湖山舊有寺名淨慧圯且蔓不知其年萬曆癸巳夏湖山妖起白日嫋人無數郡縉紳士以白太守率父老禱於神而誓之

曰應月祠汝未幾妖熄擬就其所祠之及基而淨慧舊趾隱隱可辨也則又白太守曰神一也可以祠亦可以寺寺守以僧祠守以役僧易而役難從其易便維茲北去數百武有岩名壽安莫知所始意者待今日乎請仍寺之而返其名以明君侯之賜太守曰善歲之九月諏吉與事蠲穢

剪棻語

太守祈神與諸縉紳告遷義塚所撰文字一時文武官吏士庶商賈助貲以千計越二載始告工成是爲乙未冬季中爲殿殿居曹溪曹溪者釋而儒又鄉人也豈不韙寺何

詩曹溪況曹溪後爲堂扁道當堂曹溪語也其前門其旁廊廊之後右爲僧舍左爲講堂講堂者講經堂也廠而面南稱勝寂經儒經也釋而弗詭吾儒釋亦經也山麓飛泉二道紆迴而繞寺凡寺中厨者不汲濯者不臨沼者不鑿來遊來觀者日常百千人不復聞有言妖者而唐宋以來巨公卿紀載篆勒與夫科甲題名畢露岩壁間鬱鬱而國松青青而堤柳湖山競麗人物欣覩不知神福人與人福神與將吾所謂禮樂文章而生生之道與太守欲禁民樂而不可得欲不與民同之又不可得也遂爲之記而視之

既壽且安利我邦人

道當堂記

道無當而官天天無當而配堯舜之於堯猶地之於天堯舜之於天地猶天地之於道經曰惟天爲大惟堯則之堯則天天則道道無則也而孰當也然道不得不降而天天不得不降而堯天無地堯無舜又將焉用之夫然後見古聖人之當道也不得已也堯以上渾渾舜以下孜孜其當道一也孟子論道則稱堯舜論學則斷自舜始此學與道之分地與天之辨也當舜之時瞽瞍欲殺三苗逆命舜之

視道何如也人但知克諧以豫舞干而格以爲道在舜不知舜負罪矣曰吾不子也班師矣曰吾不君也夫成舜子聖者瞽瞍成舜君聖者三苗也茲道之旨也自舜以下稱當道者莫如文王孔子曰望道未見而已矣曰何有於吾而已矣夫其未見也何有也所以爲道也何者道無當也夫無當則孰能當惟無敢當者當之道固如是也曹溪之言曰常見自己過與道即相當嗚呼孰謂釋氏而能爲斯言乎孰謂斯言也而可以釋氏廢乎曹溪不立文字獨地王心性最辨且詳而深外夫學坐靜觀布施供養者要歸

以見性爲宗一洗禪家之陋而黙有贊於吾儒殆孟子所謂逃而歸焉者乎春秋之義夷狄而中國則中國之吾於曹溪亦然若乃肉鍋近義安毋近仁若猶不免浮浮然者得非昌黎氏之云拘彼法未能入乎進此則有氣化之說勿論可也或曰子之言學也上下千餘年獨宗程子乃猶不忘情曹溪也毋乃背馳與曰程子所惡儒而釋者也吾所與釋而儒者也儒不儒而釋又竊釋而以僞儒乃嘵嘵焉抗顔以當道過乎非與吾不欲論之矣壽安寺亡吾潮西湖山麓而居以曹溪別自有記其堂名道當則予竊求

之以明吾不得已而思曹溪之意以告吾黨之士嗟夫余何敢贊道亦何敢倿曹溪獨謂斯言也雖舜文孔孟程復生不可易也即以我爲過可也

南巖記

名山勝水之間果足以當儒者之樂乎哉陋巷可居墻東可隱必名山勝水而樂是樂非我也外也未有待於外而能樂者也且吾聞之儒者身都宇宙瞬息千古居則憂道出則憂時惟恐絲毫隳落有負此生其於一切外至窮通奇醜若浮雲之往來若寒暑晦明之代謝尚不自知有憂

況知有樂乎彼名山勝水之間諒非其所汲汲也然今之天下稱勝蹟耀簡編者孰非自名公碩夫幽人羽客之所棲處得意寄嘯傲而振風騷傳曰賢者而後樂此由茲而觀謂儒者所樂不存焉不可也吾郡西湖山之有石屋舊矣蓋上而砥下可筵席坐數十人大江東來適與湖會城中烟樹萬家郊原之外蘼蕪千里其環而山者則獅子鳳凰諸峯錯落天外一一可枕而窺也屋在山南又面南也故曰南巖倭夷之亂屋爲壯莽古篆苔蘚多不可辨余與友人章曰愼汝淑氏嘗攜觴其處徘徊嘆息至不能禁約

曰孰先投閑者主之其後應舉需次各服一官在四方余又沉浮中外不及茲巖者三十餘載獨時時於懷也比汝淑乞歸自滇南會余新解毋裛在里語及茲巖汝淑曰敬如約即日覈址剪蕪鳩材諏吉重尨屋於前界如石屋制闌其前而門之雜植松竹花卉與山花掩映左右一時聞而喜助者自謝太學紹訥以下各捐貲有差不逾月訖工顏其額曰襟江帶湖郡侯徐公一唯大書南岩其上時與僚佐燕憩焉乃汝淑又穿一徑通絕嶺爲讀易山房有天門天池最高亭四望臺諸處語具汝淑自爲記與詩中癸

岩谷之幽光，爲考槃之餘響，自是遠邇聞之，望之不啻神仙窟宅矣。余竊蘇日久，謬懷儒者之憂，既無寸補於時，乃依違不欲舍去，甘讓汝淑以賢者之樂，是汝淑先得之，而余將至於兩失也。於其成也，不可無記。

崇志樓記

自余客都門，辱遊於瓊臺許君甸南十載矣。其初語余曰：往者里居教授里中子弟，里人類相驩也，好義與禮之家爲我構樓一所，顏其額曰崇志樓。居士也，士先志也，樓即崇不足以當士志，姑就里人耳目所及而引之，願先生廣

以一言余謹諾未及記而君請益力既而別去居海上得
君書申前請又若干次冣後擬馳訪於數千里外不果則
又以書來曰可教教之不可教絶之嗟夫言不酬禮不答
夫子不得行於互鄉况吾鄉人士服君諭化者乎又况君
之爲吾黨惓惓乎以待吾友不信以待吾黨不仁不信不
仁非儒則偷甚矣余之無志也方今學士動談一了瀟灑
乎自然之鄉余既不敢其藉口一體招獎後進如捕亡羊
余又不暇然謂余無志則不可未三十而妄意聞學過五
十而猶有童心頻復不已將至迷復謂余有志又不可若

余者將奚居焉無志者今有志者古以畏人則庶幾以畏天則未至余實未至也恐非吾黨所樂聞也孟子不云乎羿之教人射必至於彀言志也又曰大匠誨人必以規矩言學也彀滿可與言學規矩立可與達道夫規矩則具存矣執滿彀之志以往何所不達達者天也學者人也學即達人即天然非成章莫至焉夫成章亦漸之而已矣若曰速化則吾不能吾聞之也能而不以告人之謂隱不能而以告人之謂欺吾則何敢欺吾黨之士君其無以爲隱乎

義阡記

帝王之世賢而貴且富者合爲一人故常位乎上不賢而賤且貧者合爲一人故常處乎下上者爲天地爲父母下者爲赤子爲羣生兩相習而兩相忘也後世賢者不必貴貴者不必富富與貴者又不必賢於是乎賤貧不賢者不得沾有餘之賜而天下始不足聖人憂之而逆知帝王之世不可復也則設爲教曰凡貴貴人凡富富人凡賢聖淑人夫天非獨厚我而已也厚我者厚人者也我何以能厚人推人也故自一命以上皆可以貴人自一金以上皆可以富人自一德一藝以上皆可以淑人量力而施之篤近

而舉之隨分而足之如是而已矣吾獨怪夫今之世不然也貴者不聞下士但聞訑訑之聲富者日高蓄貲或至肉骨爲路人惟是機慧辨給之夫剽竊幻空往往自居於賢聖以號天下其說既無益於愚不肖之徒而其術歸於私利其身而益以與夫徒然富貴者夫使聖人之教不明不行也則世所稱賢者有責焉今天下至愚不肖者莫如余獨竊有憂世之志而謬爲維世之說願賢者一意爲己自然淑人願貴與富者一意及人自益貴富經曰貧而樂富而好禮樂者足乎己至貴而至富之謂也好禮者推於人

賢賢而親親之謂也斯二者兩相戾者也夫賤貧固士之常貴富亦時有之特不能推耳推出則賢矣推廣則大矣推盡則聖矣孟子曰人皆有不忍人之心苟能充之足以保四海夫人之所以異於禽獸與聖賢之分量大小其不在茲乎義阡固及人之一也不出於時制而有力者得自爲之此可推者也古無義阡人生則上長養而上終之後世自長自養故多不長不養夭折於非命殁而無所歸藏者處處有焉則義阡不可無於今日也都人梁鴻臚材許太醫珊能爲之買其地在京城之西關十里許廣四畝有

奇界之樹之表曰香山社義阡以宅歸人而詔遠邇蓋可謂有士君子之美行而得吾維世之説之意者彼其所尚如此其無所聞而興起如此不賢而能之乎况於聞聖人之教者乎嗟夫二君之爲吾所謂量力者也二君之力固未可量也世之力有餘而有愧於二君者多矣於其請也不可以無記

蒙城縣大興集湖堤記

萬曆辛卯黄門張君玉車偕余奉比士之命入楚是秋七月十有八日過蒙城而矣其所謂大興集

者集在縣西南八十五里界於壽州其北溝水一帶有小橋以通旅人橋之前爲玄武閣其右有廟廟後沿溝樹檜栢千株余與玉車小憩其下而樂之玉車曰是集實勝而風氣未開閣之旁其地尚下若於溝外濬一小湖以滙長溝之水而客其土爲長堤其間他日此集當爲巨鎮余曰然遂召集人曉諭之集人大喜詢得溝外可湖處田三畝玉車出千緡與彼民徐本售以畀集人而屬之典史陳濟報邑令其經紀其事夫以佚道使民雖勞不怨況有先之者乎況非民出之資者乎集人踴躍當不日而成邑令谷君

文魁以政有惠聲必能與民成之其事固可紀也易曰鶴鳴有陰其子和之我有好爵我與爾縻之王車名應登蜀之內江人

萬花巖三官殿碑記

海州當淮海窮處其產魚鹽有大利歸於估客其地斥鹵不可樹藝其民十七流移無花木苑囿之觀無騷人遊士之跡凡吏於是者類邑邑以爲不得其所萬曆乙酉秋余以謫至居凡六月嘗登天馬山眺孔望亭訪宋石曼卿讀書處航海而東則上青峯巔俯田横島而于公孝婦碑在

爵未嘗不心賞境内之勝與古今節義之多而獨悲其國之瘠且瘠也天馬山之麓多怪石去州治東里許余闢而嚴之種花結亭其間是爲萬花岩詳見余所爲和歌序又上其議當路於州治之西濬鹽河通商旅且以次有事於青峯未暇也今去海州五載矣時傳州中方奉

旨營河有客建三官殿在青峯頗宏麗遊人常滿而城中人士又爲小殿於萬花嚴之左以憩遊其岩及取道之青峰者而道士穆常山居之於是州中遊觀始盛凡自遠方至者但悦是岩之美而不見是州之可悲也一日道士以

岩圖及州李生成章書走三千里至京師請記余得其狀而躊躇者久之詰道士曰三官神未經見果福人間歟既殿於青峰又殿於茲岩無傷財歟遊者多無煩地主歟既琢既雕愈趣愈巧無損眞歟茲巖實靈且以責我我何辭於茲巖道士曰不然自茲巖開雙殿起州中與海上之民始欣欣有生意年來水旱幸不爲災也今者鹽河通且永賴州人矣神歟人歟州人以是頌君侯雖然必有所以然者道人不能言君侯勿言可也幸爲州人記其大都焉會余友張刺史朝瑞有使來自金華發其書苦述州人語偶

符道上而同年倪潞仲溁時守淮安亦以河工竣事報余
嘉道士言能不佞我也姑次其說載三官殿碑

醉經樓集卷之五 書類

澄邑唐伯元著

答孟吏部叔龍書

山居三載切懷足下每誦蒹葭之句未嘗不嘆伊人在中州也既抵都門亟圖裁寄久未得便良用耿耿忽辱翰教恍然如醒比開緘又獲讀其手抄述作若干種則又若親几席而奉儀顏之爲快乃知足下之眷眷者猶夫元也足下力學篤行已過古人乃其論學也猶今人也生今而今雖賢者不能免也嗟夫人與言俱失者無論矣人與言俱

至者又稀矣與其言過乎人孰若其人可敬可慕而無言有所未至也則足下是也況其皇皇不欲自安雖以元之不肖猶下問而督之言也殆顏子若無若虛擇乎中庸之意乎元也雖非其人何敢無詞以對伏讀抄中解格物有曰通天地萬物而我爲主推此義也可以知本可以格物矣贈友人曰自求見本體之說興而忠信篤敬之功緩遂令正學名實混淆而弄精魂者藉爲口實又曰今人好高只不安分爲斯言也雖賢聖復起不可易已乃其要歸在明心體其語心體曰此心自善安得有欲而以程子善惡皆

天理與惡亦不可不謂之性二者反疑其為此混心與性而一之蓋近代好高者之言而尊信心學之過也竊嘗讀大易至咸艮二卦而見聖人諱言心讀魯論至子貢贊夫子而見聖人罕言性命惟書有之人心惟危言心也既曰危安得盡舍道心惟微言性也既曰微安得無惡故曰操則存舍則亡出入無時莫知其鄉則危之至也曰性相近也曰人之無以異於禽獸者幾希近且幾希則微之至也語斯言也性猶未易言善況心乎然此心性之說也而未及道也心性不可言道可言乎道與心性至孟子言始詳

爲告子也今之天下不獨一告子矣惜乎世無孟子也然不可不爲足下一言之惟裁敎焉蓋聞之言學者惟道道陰陽而已矣言道者惟天天陰陽而已矣陽主始陰主生陽多善陰多惡天且不違人猶有憾孰謂善惡非天理乎陽必一陰必二二一則純二則雜氤氳蕩焉人物生焉孰謂惡不可謂性乎然則易言繼善孟子言性善者何也其本然也有始而後有生有一而後有二此書所謂惟皇降衷程子所謂人生而靜以上不容說者也既始矣焉得不生有一矣焉能無二此書所謂惟天生民有欲程子所謂纔

說性便己不是性者也然則學何為為善[illegible]陽統陰陰助[illegible]則內陽而外陰也故中故善陰敵陽陽陷陰則內陰而[illegible]陽也故偏故惡此書所謂精一執中程子譬之水有清[illegible]而人當澄治者也然則烏在其能善也天地間一切覆[illegible]必有以處之以人治物以華治夷以賢治不肖以大[illegible]小賢天於是為至教君子一身萬物咸備而必有以處之以己及人以親及疎以貴及賤以多及寡以先知覺後知以大知覺小知以有知覺無知人於是為法天此書所謂天生聰明時乂程子所謂天理中物有美惡但當察

不可流於一物者也是故惡亦性也是有生之性是纔說性之性性之所必有也雖物而無異性必善也是天命之性是不容說之性性之所自來也雖人而難知故孟子曰聲色臭味安佚性也烏可謂無惡也有命焉君子不謂性也烏得不性善也性所同也君子所獨也學爲君子謀不爲衆人謀衆人者待君子而盡性者也君子者天生之以盡人物之性參天地而立三才者也如何而可不知所自也是以不謂性也是以道性善也言性之精莫如孟子繼孟子者程子也吁亦微矣微故難言雖然性猶形而上

者形而上者雖善猶微心則形而下矣形而下者敢槩之
以善乎性具於心而心不皆盡性性達諸天而人不能全
天天人合心性一必也大聖人乎故曰堯舜性之也其次
致曲必反而復故曰湯武反之也復必自身始故又曰湯
武身之也又曰不遠之復以脩身也性之者不可得矣得
見復焉者可矣復焉者不可得矣得見頻復者可矣位祿
壽昌孰不榮羨食色利名孰非斧斤斲之不能中焉不易
適而好忘動而多悔倏忽晦明毫毛人鬼夫是之謂心明
是之謂明其心體

答叔時季時昆仲

諸儀部至得拜二足下手書惓惓於心性之旨而疑元心學悞人之說夫學非說可明而足下所求於元者猶說也元能爲其說而不能身有焉故雖以足下之高明且謬也夙契而猶不能無疑況多望於今世乎然今世學者則識希矣不有足下更望之誰聊申其說可乎元舊有身心性命解大約謂性一天也無不善心則有善不善至於身則去禽獸無幾矣故自性而心而身所以賢聖自身而心而性所以凡愚是故上智順性其次反身故曰堯舜性之也

湯武身之也身之者反之也故又曰湯武反之也反身而誠所以復性夫學爲中人而設非爲上智而設也學脩身而已矣然則心居性與身之間顧不可學歟曰性可順也不可順以其附乎身也身可反心不可反以其通乎性也性乾而身坤性陽而身陰性形上而身形下獨心居其間好則乾陽怒則坤陰忽然而見形上忽然而墮形下順之不可反之不可如之何可學也危哉心乎判吉凶別人鬼雖大聖猶必防乎其防而敢言心學乎心學者以心爲學也以心爲學是以心爲性也心能具性而不能使心即性

也是故求放心則是求心則非求心則非求於心則是我之所病乎心學者爲其求心也知求心與求於心與求放心之辨則知心學矣夫心學者以心爲學也彼其言曰學也者所以學此心也求也者所以求此心也心果待求必非與我同類心果可學則以禮制心以仁存心之言毋乃爲心障歟彼其源始於陸氏悞解仁人心也一語而陸氏之悞則從釋氏本心之悞也足下謂新學悞在知行合一諸解非也諸解之悞皆緣心學之悞也會其全書則自見耳然則大學言正心孟子言存心何也曰此向所謂求放

心也正心在誠意存心在養性此向所謂恭於心也心之正不正存不存從何用力脩之身行之事然後爲實踐處而可以竭吾才者也嗚呼此子思格物必以修身爲本孟子立命歸於脩身以俟程子謂鳶飛魚躍與必有事焉而勿正心意同寥寥千載得聖人之傳者三子也

又

季時有心學質疑一卷承寄未到而叔時來敎曰墨氏談仁而害仁仁無罪也楊氏談義而害義義無罪也新學談心而害心心無罪也此說似明不知悞正在此也仁義與

陰陽合德離之則兩傷然非仁義之罪也至於心焉得無罪人心惟危莫知其鄉此是舜孔名心斷案足下殆未之思耳

答蔡台甫同年

楚中之有子誠猶關中之有足下也同集清署日暮相懽何啻奏塤篪而鳴鸞鳳況於詞都雅致風氣宜人尤達人所夙賞者哉頃者大疏留中正恐足下怏怏于不行其言及讀來教以南曹爲得所以子誠同署切磋爲有益憂世樂天可謂兩造甚矣足下似子誠也吾黨所尚如此而當

路有力者若爲之悲窮而悼屈然汲汲欲並振而之雲霄之上不知吾黨已雲霄之上久矣今世談學者大都以佛爲宗其初猶援以附儒既則推而高之反驅而佐之誠有如足下所痛惜者足下將作論以正之乎何止孟子所謂能言距楊墨者唐有呂黎宋有明道千載吾師焉自非眞見世道人心恫瘝切己不能同此憤不能爲此言願足下勉之所諭馬君嫉惡太峻圭角太露亦其中有所不足不獨非處世之道名言也警發多矣獨馬君哉便晤當爲致惓惓馬君必有所以報足下子誠纂有　國朝大政記其

意甚好幸足下共爲刪潤以成此書他日藏之名山二妙之名當與鍾阜石城并永同袍之光何如

答梁生

承諭禮變之說具見高門之厚而又竊嘆足下所處之難也夫禮窮則變變則通足下今日非其窮時乎蓋自大母言則夫死從子乃莫大之綱常不得專制而爲亂命自女公言則適子不後實古今之通禮不得輕徇以成母慾二者皆過也雖然業已爲之亦足伸其私矣如知非義速已可也凡事之不可訓與勢之不能行者一當裁之以義求

書所謂既不服所繼又不服所生斯言可念天下豈有無父母之子哉竊謂爲長公者於古禮不必後爲足下者乃繼禰之宗不當後祔祖而祀之令終昆仲之身悉以其存產爲共祖祭田庶幾宗廟饗而子孫保之意亦足以報長公於地下矣無已則姑從俗告於大宗之廟以令弟易之私意雖存去禮未遠舍此非所敢聞力疾不次

答呂憲使叔簡年兄

庚寅夏至之三日年弟伯元頓首總憲叔簡年兄侍史比來抵都同袍星散每思吾兄總憲三晉去京師數千里又

其官係綱紀表率之地遽難草草非若李維卿之居秦孟叔龍之居洛顧叔時之居吳尋常尺素易以聞問何緣能飛置一字其側不意兄之念我猶是也既惠好音兼以隹刻種種連晝夜讀之使人應接不暇大都文字其事實其詞厲其說委婉而其術不強世乃其道則自吾身有者求之所謂出之有本而爲之有序兄之經濟素優雖其學則然亦天授也鄉甲一書弟往爲令時嘗試之意亦畧近下有微效而上多咲者則以分之所居不同而在南北之勢異也順風而呼登高而望上有好者下必甚焉則兄今日

之謂也乃若風憲約內所載提刑事宜二十款憲綱十要謂當著爲令甲永垂不刊積貯一項所論三倉丕則弟在官在家皆力行之今尚共守也嗟夫難以多望於今之世矣往歲弟出京師聞兄外補之報嘆惜者久之若山監司緩而銓曹急是其當事者之悞也今若此則雖久於銓曹何以加焉卽按屬之邦未必處處膏澤而流風遠矣刑戒儉約岱宗語俱有關係壽草歌靳庄行何其悲也約中有稱字古雅之說何不自吾輩始毋乃待弟之薄乎敢敬先之偶有蕪刻數張乃臨行時未就之草附陳請教伏楮惘

然

啓太宰楊公

去冬有貴州齋表回附上啟候不審嘗徹台炤與否近侍臺長李公亹亹誦述閣下因知此月爲閣下初度之辰遥瞻東海可勝祝願中朝大老自閣下行後追慕德業者不少若李公與今太宰陸公其尤至者也若曰汪洋澄蓄猶可勉而能也至於甘恬淡而不令人知任嫌疑而獨當揺蕩人已都忘恩怨盡滅弘濟時艱色聲不動雖古之大臣何以加焉自非二公司事之久見知之深或未能窺測至

是即元猶愧二公矣。蓋元常言閣下之道宜相六年，太猶枉其才，由二公而論則猶淺之乎爲覩也。歸到林壯形神逾王，天其有意於斯世斯民也乎！客邸無以爲壽，敬賦短章，聊申私悃，倘賜寵鑒，亦足以知其意之所存。

啓太宗伯沈公 二首

頃元里居，聞閣下得請而歸也，竊爲閣下喜，既而傳行時言官疏上幾堅，王上勉留之意去後交章追誦道德，咨嗟嘆慕，溢乎中朝，至今藉藉猶未已也。則又爲世道人心喜，天將有意於吾道乎？復車之期尚早，蒼生之望未孤如徒然在列而已即紫閣黃扉紆金曳玉之榮何足以易吾林岩一日之樂況鴻冥鳳舉表儀一代其有功　聖世亦非渺小昔賢以退爲進之說則閣下今日之謂也元今年五十而家二尊人俱八十一高矣萬萬不宜復出乃踰期始來復叨茲乏閣下必有以知元之何如爲情也老母安於愛子之在側久矣即老父初亦甚槩然及其屆期不免爲親友所勸每用反思畢竟是反身未誠耳退既不能進復何益閣下已置身烟霞之外能爲風塵中人籌出處乎山中構得醉經樓有雜作未成帙者三種敢呈請正此

三年中獨有相老爻立社倉一事頗有及於鄉人而近見呂叔簡自陝中見寄鄉約冊內載條欵稍具閣下傍花隨柳之暇倘可一舉行之爲縉紳有力家倡乎連年荒歉遍於中原及於嶺外今者大司農告匱而邊警日急不知神州赤子何從樂生老臣憂國計不能㘽釋然於明農之後而又勢不足以拯則隨吾分所得力所能者聊一行之是亦爲政何如何如會有新任汝寧刺史韭君者元畏友也孰其人可以當長者之教敢代爲人倘賜回音無如此便

又

伏承來教具知閣下里居有建社儲崇儉約二事加惠於鄉人先生之明德於是乎遠矣就中社儲尤急蓋富而後教之意程子曰人各親其親然後不獨親其親況自有德有位者先之何患寡和也元近讀詩見雅頌贊文王至德處只不顯二字反覆而不已史臣亦謂西伯陰行善皆善名文王者也惟先生可以當此願竟爲之若近代縉紳一到山林惟詩酒自娛而已宜先生之不樂道也先生歎羨古人居常已不愧於妻拏暗室之際至於立朝垂紳正笏凝然不動爲善類所倚則當日之論已定豈待到今彼以

介臣累窺閣下者猶外也非內也外亦內也然外者易見而內者難　祸我以難知猶可以惑人掩人所易見何爲祇自絕耳夫人豈欲自絕有以也尚有之先生嘗咲而哀之也大都此日廟廊之上縱當路未必事事遂巳惟有脩之家行之鄉淑世維風如向所云則惟我所爲而莫之禁耳丘壑福分真未易當閣下其審於自賀哉詹侍御乃祖夫人已贈孺人其子廸已旌爲孝子其題在十六年未審贈氏尚可加旌否容另具報

啟王大宗伯

往者元之得　請而抵舍也老毋喜甚卽老父亦旣安之忽忽三春已逾期限儘有親友勸駕於老父之前猶勿聽也則以老毋欲愛子之時時懽膝下也不意有舍甥余生者先是來獻兩書不報則自其鄉拏舟來而請所以姑應之曰吾子之言一道也雖然又一道也道不同而趨一也不對而出以說老毋老毋爲之槩然首肯其委曲未可聞則知報知老父矣當斯時也親友哄然聞之郡邑餞贐交加情景頓異不待老父之督而不能止也人生出處何等大事乃出於後生兒輩之口遂爲律令奇矣奇矣自老毋

二十年前嬰眼疾未愈邇年彌高經歲足不下堂乃行時出澆廓簷立庭堦陳説丈夫大義叮嚀保重移時未已葢此一時彼一時乃别來想又不能無悔也夫有賢父毋則子易爲孝有孝子則親易爲慈若元者又何道焉反身不誠人爵爲貴退尚未能進又何補閣下之愛我猶我自愛也更何以策勵之令庶幾有藉以不貽知已羞乎山居小樓妄意舊業槩未就緒所有雜草一二輙呈請正燕磯牛渚諸勝有姑蘇趙先生在焉陶謝同遊並富述作何幸復見追隨風景乎

答周濟甫大中丞 二首

方弟之得告抵家也滿擬庭闈長叨樂事不惟老母安之雖老父亦惟其子之聽及今春限滿且逾也不惟老父意思頓別即老母亦戚於六親諛言之入耳不免促裝就道矣二親愛子之至一也愛之至則重違其心不令時懽膝下豈所欲哉子意不堅而反諸身不誠也途來過藍屋驛有追次白沙先生壽書春晚之句云古驛江頭近釣磯傷心春事故山違楊朱正恐當年悮伯玉寧知四九非反命敢云恭父命征衣忍見負萊衣庭愧舊緣稱觴處留得

淸陰待我歸弟之情况可想已弟一向因循習染爲崇曾無奮發度此半生今年向老矣童情如舊厲風不調微恙知識何有於我蓋上愧賦予下忝所生內負初心外誤知友自是始有發憤之意焉持之不倦尚未敢自謂能爾辱在至誼何以策之四十見惡五十無聞頻復不已將至迷復倘能竟此以往雖遠遊猶可借口於養志惟兄念之督撫淮揚所轄當天下之半事權得咸且專方今丈夫用世郎政府六卿非元輔與天曹皆弗能當此臺端其思所以酬際遇哉來書云云不敢聞也詩曰上帝臨汝無貳汝心

敬爲門下誦之

又

頃從王少宰處得門下求歸狀與廟廊借重慇懃意頗悉欲附一書往無從也督府位尊太夫人養備雖潘輿之奉不便於此自公多暇習靜功深雖道院之業不專於此扃扉堅清之云何其汲汲也白沙先生勸人往往以歸隱爲第一義固亦有說然觀聖門有爲季氏宰者得與簞瓢大賢同科明道一生爲小官而道接孟氏烏在其高隱也夫出處亦何常惟其具在我而已當行而莫可行則當藏亦

莫可藏此夫子獨許顏淵之有是也丈之自許有是耶未耶丈在今日已非小行過此又將大行行耶未耶抑所行與其所藏合耶有不然者乃世人所謂行非有是之行也既無所行又何所藏勿汲汲可也然非丈之謂也弟道非祿仕情類絶裾昔年苦不善學遂虛半世近雖悔恨氣力向衰聰明日減擬之於丈何啻兩失然猶靦顏在茲者此情雖故人不能道也佻心之訓直是訂頑非我佻心似心傀我習氣童情時作硬祟每用體驗愈覺道心微而人心危也美厥靈根何等氣象眞丈所謂深入實際之難者乎

近擬借差過里緣前此循職掌有小疏留中未便題請早晚計當得之便道過淮奉教在邇附謝不備

答葉中丞年兄

邊境當急　天子撫髀廷臣推才望獨以丈爲海內第一人或曰今日南海再見翁襄敏龐中丞之風而過之也此實　宗社之福豈特同袍之光乃丈方從西南役報　主上豈意遽更而西北也議處土夷事宜貴人韙之而蜀中狃於目前之便遂有互異然識者皆能諒丈之遠慮也弟曾請教一二大老或曰趣命既臨當不俟駕前議既已不

稟姑置之忘已亦不人也或曰聞言待罪臣子之分即日
北來或未受事而踈或一面行事而疏似不可少然斷斷
當速趨　上命當此之日　國家爲重身爲輕必無纖毫
礙掛胷中方得大臣之體惟吾丈裁之

寄張洪陽宗伯

頃相逢於帝子閣下也辱承勤懇載酒江干會先生時方
營大事座有談案未罄欲請別時曾托范使君原易轉致
所求正者向未之示故至今在瞻臆也葢往山居時妄擬
長往之計無譜易至遯之二致意焉獨於六二柔順而中志

在必遯如此則是上諸爻之爲蓋上諸爻之遯爲二也二
所以致遯也或曰二應五其執之莫說乃權臣固寵若當
之似得本旨乃其係詞甚吉豈小人而可以當中順耶若
曰二知時欲遯固留君子庶幾中順之意則諸遯君子非
遯所能留亦何益於濟遯且易不爲小人謀而小人亦非
易能謀也此係主爻在當路則去留關世道在閒居則出
處爲大節皆閣下今日與他日之事而私淑者所願聞幸
賜敎焉閣下讀禮之暇停雲館中應富述作一併頒示尤
大願也山西相公晤間具詢起居必有裁寄此老時望遠

歸始知閣下往歲所獨推乃出於情親意氣之外使推賢讓能者皆如此何慮得人難亦何慮時事哉此日　掖廷隱憂邊疆大患二十年來所未有山中宰相詎能恝然天欲治平其具在我伏惟留念以副夢卜不宣

啓趙宗伯 三首

頃者山居曾以周易玩詞之抄托友人譚銓部子誠者干瀆左右其時以傳書者行急草草達銓部所而於閣下缺焉一則謂有尊長者即片字雖質當敬一則彼時方爲長往之計即謬辱閣下夙誼亦不宜以林壑之經營輕聞大

君子居上位者此意雖以述之銓部故雖囑之致意而不復其所以追其人發悔之何者此猶細人之事君子也非所以待閣下也今者别作一番人矣風塵故態回首可羞壯山草堂已先咲我况可聞之閣下然而復爲此說者大宗伯王公舊濫同袍閣下旦夕嬉處或抵掌而談古今志矯行庸之夫有若元者亦可發一咲也玩詞原所抄本今既得歸自馮宫翰家且當時京師一二相知如李維卿諸君子因元得此書於閣下處多嘉發明抄録頗衆已報銓部勿録或者銓部欲得則以留自覿焉葢閣下之寳是書

其澤亦遠矣銓部書來具述雅念統此爲謝諸未敢多及

又

近有舍親補官之南上肅啟奉候且題封矣適辱枉教至及諗閣下求歸至情必欲得　請狀於是乎惘然者久之蓋往山居時累聞閣下乞歸矣私念此日勢難自由而道未宜速世人之信閣下固不係乎歸不歸而閣下以一身繫天下之重亦不係乎所處之近與遠也留都清議所自出輦轂之下相與顧憚而不敢盡于法紀者恒在焉然亦有大不然之時元居留曹四載間曾兩經矣自海忠介公

後留都無恙至今非有大君子與一二同志共維之欲此風長存其可得乎　二王上明聖度越其於閣下禮貌不衰益以忠介公事待閣下也忠介公其起也不辭其去也遲遲世無有疑之者閣下其肯有所避忌而爲潔身計也元爲老親未能行其初願然不敢以已之不肖願人獨於閣下處獻忠若此惟閣下察之諭及瞿叅軍久擬定交未遑自當有報曾王姜三君子者皆熟遊也元近曾頗戒爲友人王用晦比部贈言不知此君嘗從遊閣下否

又

春間元奉　旨選取宮人一節猥有小疏內引及世廟遺一段當事諸老皆冇忌諱之慮會銓曹謬有推補至政府奉以爲言不意數日間內閣傳出御札有廟子屢遣代朝講久廢之說引咎責躬直符商王罪已不特不諱而已有　君如此其忍負之閣下精忠宜在特簡儀圖世道當轉移以　主上至德直當帝眷卜之閣下不宜安安留遲遲而來也疏稿附上請正

答李中丞三首

程子表章大學有功聖門固矣然格物解悞則是書雖存

反增一障可有也亦可無也程子雖以窮理爲解而其心不憂是以其說屢變而往往有得之言外故雖可以觀其至而大義隱矣自我　高皇帝諭侍臣謂大學要在修身西古本以修身釋格致然後直接千載不傳之緒自是儒臣如蔡蒙引林存疑蔣道林羅文恭王布衣及先師呂先生往往能通其義然徒曰解之云耳其自學教人之旨不存焉就中破的者無如布衣然不免爲新學所陷觀其以心齋自號自命又烏在其修身爲本也總之張子厚所謂釋氏以心法起滅天地不免疑冰者無怪其相率而陷於

新學也近讀孫淮海講章亦既明乎其解視諸家較備矣乃其緊要歸明心體是本其所本而非大學之本也是解一人而學又一人也嗟夫新學橫正傳息不肖之身又岌岌乎不敢當也當此之時乃有先生者不由師授不由註解默契遺旨先得所同既揭正修又標性善其於學問源流昭昭乎白黑分而新學不能混矣而元又以爲先生設科太廣門徒大盛自反自修之實尚寡立人達人之意過多未免以憧憧感人猶難語知止而定也易以咸言感貴其無心以艮言止惟止諸身知止在身則身以内身以外

皆無汲汲焉可也彼謂明明德在親民者以其昏昏使人昭昭旣以末而爲本謂誠己誠物並切者方耘己田遽耘人田又未免於本末雜施均之不知本焉耳矣世未有不知本而能誠其意者也天之未喪斯文也旣賦先生以明學之獨智而今又置之於孑孑獨處之居納之於妖壽不貳之地刋其華挫其銳使之反初觀復深根固本殆夫子所謂尺蠖屈龍蛇蟄藏自安身將駸駸於德盛化神歟不然何其所遇之窮至此也蓋昔者文王周公窮而演易夫子窮而絶韋編吾道至今賴之理以屈而伸道以晦而明

天之與吾者不偶其窮我又豈偶哉因讀淮海而重惜諸
君之陷也故有所願於先生不審於是爲本之意當否惟
察而教之幸甚

又

得差後滿擬一會緣前此諸君出京稍遲而諸老中有言
者以是行期欲早避嫌欲深自見堂辭朝辭部而外爲日
無暇坐爽前約計先生能原也行時篋中檢出大教謂格
致誠正總是修身工夫有一無二是也但先生之意猶指
格物爲凡物之物而鄙意則指爲身與家國天下之物也

雖凡物之物不出身與家國天下而大學所指則專以身對家國天下分本末而凡物不暇言也故曰物有本末又曰其本亂而末治者否矣格此之謂格物知此之謂知止先生所謂萬物皆備一物當幾者是已所謂知修身爲本卽知本卽知止卽知所先後是已而正修雙揭之說猶二也格致義中所謂物者又不覺其愈遠也葢知知本之卽知止而不知知本知止之卽物格知至也羅布衣反己之說大與鄙見合而於先生有功獨其指物亦爲舊說所纏不知本文明甚先生姑就其是者推之可得也嗟夫反己

至矣孟子曰行有不得者皆反求諸巳必如大舜號泣旻天負罪引慝而後可言乎反巳者天必祐之況於人乎況於鬼神乎

又

論語大意道性善編二書中多到語能發前人所未發其有功於孔孟甚大大學本修身止修身的矣一矣其於格物猶若二之何耶伏承會督妄有請正會欲移告來書暫歸記室并此謝教

答王少宰麟泉

夜來有客相過具知太宰公與選君向來謬念之惓惓及政府此日之休休聞之悉矣曾候不遇天寶為之吾輩所愧者是惟道德不及先賢若論遭際叨幸已多願勿更饒舌也南中之賢宜未有出譚子誠之右不審當事者能相信否附啟悚息

與顧叔時季時

去夏初抵都門偶於一友人席上問寄奠太安人禮一時在坐者數人多雅於二足下咸約同舉未幾而維卿兄至自關中具以語之維卿曰不可諸君非吾夙遊吾與君其

之可也元心義維卿又重違前約以是遲迴者累月久之前約杳然而維卿見督不已其議始定會維卿有中丞之命則悉以委元且戒顓人及治具往但抄稿封値寄累從者代辦此其意足下所知幸足下選任從勿負此惓惓也維卿之且別也囑曰共致一柬足下其自名以友弟稱元不可曰吾與君皆長也曰有說乎曰有長幼有序列在人倫今世不論長少稱人者槩兄自稱者槩弟此在泛交則可在吾黨則不可尋常口號或無妨隨俗載之書札則非所爲訓也儆鄉會友此風猶在惟少者得以自弟而長者

不得也惟稱長者曰兄曰某字或曰某字兄即長至二十以上亦止於稱某字先生不及少也至於長者稱少曰某字曰足下或曰賢弟其自署以名或曰僕而已矣其往來柬上則無長少皆得稱友生維卿曰子言是也此雖瑣節關係不細并附報裁

與孟叔龍三首

屢左候晤不勝飢渴顧叔時書來謂程子善惡皆性皆天理之言可疑與足下深合此見學問得力處在吾輩合有此疑正善學程子者區區所望則竟有進於是耳倘相信

未及仍須且守此疑程子所謂守其所有者是已高明以爲何如原易之調誠當然尚似此兄心事終未白於天下信乎人固不易知知人亦不易也原易從玆長往可矣不識當事者尚有意於斯人乎擬借一差過里適小价方至舍中凡百荷庇頗寬旅懷旦夕以僧人葺屋暫移居前巷何當不悞見枉奉顏談也

又

小疏中所引 詔書一節諸老相知者多有忌諱之慮不意 御禮云云乃知 主上英武神聖度越千古直與成

湯罪已同輪臺奉天不足道也前此擬借一差未便題請今爲有力者取去不免姑待行止尚未可定耳會南中寄到舊刻二種夜來讀之因憶彼時與諸君理會此書氣象可想近來孟浪虛負歲月且負友生矣如何

又

伏枕來不覺月餘矣恭聞榮轉正當政煩咫尺有懷總共此抱有切切欲啓者元於前月內已向儀曹借差擬在夏閒爲省覲之計區區私悃惟知己能深諒之卽未然者多病之軀正宜閑局荷極諸夾相成之雅若令當事必損生

乎偶聞檄省銓曹之缺謬有見及者毋乃傳悞耶何左右者不爲早止之也況檄省見有四人資俸相應青年偉質自有堪其選者豈必求之例外倘果有之似當事之計過也敢以奉懇弁煩轉致乎如諸丈善爲我辭焉此日人材一到貴署比之蓬生麻中人入之至視他時氣象大別新進雋才正宜作養毋謂後輩之不如今且僅僅如今也力疾具啓不勝祈懇之至

與諸延之

近聞足下隨學使巡歷中原文獻盡屬品題英雋入彀吾

道之善但不必令桃李在門乃爲太公在足下今日不患門墻無人只患濫收不患當路無知已須防薰膏之誚彼以同聲同氣相求則善矣苟而就我爲名下而竊我爲利皆當辨别而有道以處之故愛敬我者未必盡賢乎平落落若自疏外者未必非君子又有處乎我上而以勢位相陵居門徒之列而故肆訕侮者物情世態無所不有一切安焉反我仁且禮焉能自得師然後可爲人師至囑至囑儒官多暇正便讀書近理會何處幸示之季時近聞讀禮甇其眞僞有弟兄師友之意在家庭也季蕘以信於鄉者

行於鄉誠之所動自別俱能時時相聞否吾黨今日未爲不過只慮盛名之下難副耳幸相與念之

答王用晦

示以修身爲本近日儘有同聲者至於好學力行知恥非三者則身未易脩恐知本者亦或未之詳也適奉來教謂學問本末雖有次第決非片言可了古大聖所以詳言博學致重躬行而罕聞心性者於是可通其故斯言也得之矣其云稍處以默益務反已則正數年來妄意發憤第一義敬服敬謝講學有戒酬應文字有戒守之舊矣况文

而至於壽章則又前代先賢所未有者雖然何可以施外逢司馬君實正自不得不多也僅脫草惟以子誠是正之足下於學好矣且眞矣反己一言盡矣更不必等人與我同異佛家印證之說程子咲之願足下克以往不宣

答譚子誠

居復出出於偶爾以足踰期非爲避美缺也美缺似不況元之賢未至是乃愛我者推而爲之辭足下詎可宗伯趙公謬附夙契乃前此索抄易義不敢遍書亦

長守山居之義耳若知此出則何敢無書卽當裁附爲使倚馬索報未及數日間會有便不復遲也易義一册至都門得還自馮太史家今不敢復煩從者倘已抄錄足下留自觀焉壬年伯壽言業爲破戒成之及燕刻一併與李先生書謬解一幅并呈覽正

與蔡台甫

今有志之士得居言路而能直己忘又其氣旄足以將人詞藻足以發之伸主威而維國是寒羣小而懾上公令字者庶亦然如見其人而無遺恨也卽史册中亦難其人若

足下當日爲御史所稱是矣雖經流落旋復清班古來盛名之下率多坎壈如斯際遇亦未多得固知足下之能泰然於今日也況有譚子誠郭哲卿諸君子旦夕與遊曹中多暇相與講求養其已至充所未有以需大行而酬宇中人士之望正在今日足下勉之

答李子田

僕與曾學政何其宏而客委婉而有章也其最關係者所謂教官二條而教官一條尤要往時元嘗有贈教官文于一篇意似互發顯錄請正恐未可使東魯教官聞之且

李卜尊約行後痼俗易變作何狀耳嗟嗟滔滔靡靡江河愈下不獨一事爲然足下之行事可覩而其用心亦勤矣如有用我執此以往竊有志焉今年過半百矣奈何奈何盡付足下爲之可也山中本不擬出而復出出而思歸又不敢言歸擬在三四月借一差以行間關萬里豈好爲勞足下可以諒其心也都下自李維卿之楚後舊知雖少署中一時多君子足可嬉娛公暇理會春秋三禮稍有次第未爲不佳毋奈鄉關頻入夢耳除夕元旦二詩題在扇頭足下讀之得無同此愴悅乎郭哲卿聞報後過家須夏初

始到王藩甫報已見魏懋忠輓詩邦伯之循良斯民之三代於茲槩見藩甫爲不朽吾黨爲有光矣連日在暇來眷未及一觀觀不觀無預足下足下之所賴於吾道較文已哉君子之居是國也有聲實在一時亦有風流在百世足下必不肯以此易彼更惟有以進之萬萬

答耿學憲

都門一別幾二十年矣竊名學道半世無成石火電光餘生有幾奉讀來書及廸士課士諸訓不覺恍然如有失惘然而不自持也就中爲己一問尤深對證其曰可珍者此

已可畏者亦此已非極玩索實体驗者未易道彼中人士亦有解者乎夫可畏者外之変吾內也可珍者內之定吾外也見可珍則克其畏見可畏則守其珍兩相成者也由責己而舍己由舍己而推己則知己矣微茫之見不審於明問當否幸指敎焉莆田有宋肇斯先生學者也項曾以告儆同年汪蔚翔不審能物色之不輒此奉聞

答范原易 二首

往豫章人傳太守開會講學弟不欲聞也近讀新刻教言則皆視學時課諸生語視學課諸生提調責也此自本分

矣豈惟太守有本分諸司皆有之吾輩在家在鄉在國無往無分分之難盡久矣不求盡吾分內而反求多於分外此會講之風所以盛於今日也夫分內之與分外誠僞判然矣舉世去此就彼者何不知本也未有不知本而能誠者未有不誠而能動者然則會講何益於人徒賊誠損己耳敎言中致曲解與經綸大經乃從前所未發其他互有得失處亦謬訐以復來督之意講解不可謂無益不可謂非學反已說約令爲我用說之貫通行之無礙則其進不可已矣李維卿兄從弟求覯欲存筆跡另以抄本可見此

兄好善之誠今寄復仍乞便中更惠刻本為幸弟近來始覺發憤頗見昔賢行年五十之意恨不得與兄質之有答孟吏部書粗有發明錄上請正倘張宗伯先生問及并請教焉可也

又

頃李別駕行時附去小啟并維卿兄轉寄首會編一部共發之明日即承手教及詢來人知二郎并登賢關乃值豚兒亦偶僥倖之日伏增慰喜大疏中知出於不得已而連及者一二又不得已中之不得已議者雖多而正氣必勝

則以　聖明英斷於上諸君子維持於下而兄之平日所操持一時所激發者可以質鬼神而信金石故能獨當衆憤獨障狂瀾非人力也議者之意有三謂當此驛遞稍寬仕途稍便之日及是法令轉嚴一權要卽應查叅不免累及非權要者二經途有司應付悞及後人接管者三惟院長李公以情法二字盡之其累及與悞及者見本道執法雖嚴行法實恕原無查叅之心而生於一時之倉卒其用意忠厚於疏中前序撫按申令後諱當路逢迎二段見之李　公可謂獨知良工心苦而與駕部又能穀爾相成二三

君子從而贊累之，皆意外也。覆稿委曲頗非初願，及奉
旨乃大暢。凡在相知知其頌　天王聖明，燭遐方而超千古
也。議者亦有一說，吾輩安敢遂忘自反，爲今日計，所處更
難。原任不得不復撫按，不得不交，未盡與錯悞，二者自合
引咎以謝世人，不見人非，但知巳過，吾兄處此必有道矣。
弟常謂原易愛人如愛巳，維卿憂道不憂貧，皆弟所不及，
乃此舉類人怪弟刻薄而迂濶者之爲，豈吾道不如是耶？
頃送維卿撫三楚序中，正以此意相勗，竊計維卿舉動必
與兄同。然尚恐渾厚處又未必如兄，則二兄之負忌于時

醉經樓集　卷之五　書類　三一

使世人畏而吾道孤皆弟悞之〻也如何如何

與維卿 三首

署中有三三友者志士也久願一見維卿屢與弟計候枉顧之日約爲良晤顧彼此參商即吾兩人者已毎毎不相値値時又或有不得已事不能久坐昨擬從謁先師廟之便招弟先期偕往而弟適奉公委坐負友諾今定何日能枉駕使弟先約諸友也一示之范原易自江西孟叔龍自洛陽各寄有著述來相印證輙忘愚謬僭有批評不審當否二二兒意皆未欲示人然不可不共兄一覽酌之字內參

鑿如二十[illegible]的諒其爲吾道人雖言論時雜新學其[illegible]
必有所[illegible][illegible]者宜兄之當深念也叔龍書來說無[illegible]本[illegible]
原易似亦候得報後是刻始出幸善護以俟畢覽日後[illegible]
伏惟留意弟見兄近時耳目稍雜一藝之長必收[illegible]制[illegible]
文尚戀此雖盛德事得無妨吾本業乎弟從前悠悠[illegible][illegible]
敢當發憤二字又幸得吾兄朝夕期相與以登彼岸不[illegible]
謂年已向衰徒痛既往惟兄振之輔之不勝切切

又

恭聞太夫人叔母能至官舍此迎養之極[illegible][illegible]人子之上

願也兄何爲苦欲求歸耶左道弄人之論蓋未之聞[illegible]間

未有邪能勝正而可以動心者乃　溫旨慰留特出　聖

斷則前此未有之遭吾輩當何如爲報也大計大科一疏

甚切而科場尤大關係但未知覆者能暢其　旨否大抵

有孟鄒二兄在必互相發明也況同知事前已奏聞不

復有此疏知兄必有不獲已處亦不必該道爲據但要常

見得道理何如耳京師諸公有大喜此舉者與兄意見[illegible]

別不足爲兄道也楚中撫按同時請　告似于事體未[illegible]

今崔侍御須明日始上恨不得一阻之恐後來與兄[illegible]

者未如侍御耳兄雖居楚能使朝端嚴憚吾道不止行之一方以後求歸之言幸勿出口惟努力以報　主知以對輿情是望占援不次

又

比來兄因節省之過遂有悮傳弟因責善之過遂有悮聽夫斯二者誠過也然無節省之過不足爲兄無責善之過不足爲兄之友此可多望於世人哉可以自反亦可以自慶矣夫爲國者奢則示之以儉儉則示之以禮兄初至楚時誠當崇儉在今日則當崇禮禮有以多爲貴者祀聖曾

賢敬老恤孤之類是也禮有以少爲貴者津要逢迎酒席濫觴貨賂公行之類是也禮有以舉之莫敢廢者或因土俗所宜如古人入鄉問俗是也禮有不近人情而實有禮之至者如舉國之人皆若狂而夫子以爲一日之澤是也凡此處皆有天則不容以意而輕上下之故凡爲上官者御其所屬有必跪有必拜有必揖有必留茶有必留飯皆禮所生也在賢者固當破格優之即庸衆者亦不宜有意裁之天下賢者少庸衆者多若待賢者出於例之外待庸衆者乃不及於例之內不惟庸衆者恚怒愧阻而賢者亦

且懼不敢當恐養育人才之方不如此矣故爲國者必以禮學道者必愛人未有不愛人而能化人者未有不以禮而能愛人者書曰爾無忿疾於頑無求備於一夫少有忿疾求備之心則愛人之心充拓不去矣夫忿世之與憂世忿不能之與矜不能其用心廣狹規模大小何如也願兄之念之也天道先春人道先仁一切包涵處之有道云云不盡意伏惟省裁

與鄒孚如

奉得 御札讀之令人墮淚即擬述懷一首忽憶老杜詩

云上意廿哀白天涯正寂寥忽聞哀痛詔又下聖明朝羽翼懷商老交思憶帝堯叨逢昇已日灑淚向青霄遂不復作竊將尊意亦同此懷也元前此擬借便道之差以是月行而或以小疏近方留中慮有忌諱未便　題請差已具爾暫遲今則可以槩然矣而前差又爲有力者取去小小進止固亦有數其間乎僧人葺屋且完當復舊寓俟别有便差方爲行計會有人至自南都帶來二程類語白沙文編各以一部奉覽中有謬評乃昔年未定之語幷上請正

答湯儀部

歲內奉到手書不勝其云樸散爲器而器復歸於樸願不肖元爲器而周元乎更爲樸也諸相知聞之皆藉藉以爲名言雖然元自顧未能爲器而樸之漓又多蓋兩失之矣抑亦可以處於樸不樸器不器之閒乎足下其許之乎李文學之至初擬其爲貴鄉遊學者流也會抱賤恙接見稀少久之始重其爲人而益嘆服足下善取友不輕然諾有合於吾道之誠彼世之引類招朋朝僅識面暮號同志彼此各藏其心而漫以爲如蘭也者聞足下之風亦可愧矣留京足下宿所躭遊之處又有譚子誠蔡台甫王用晦蔣

太理張戸部諸君子嬉處其間此時造詣肯甘為六朝人物乎使惟有敎之

答朱學憲

經過豫章宿原易官舍者二日蓋亹亹述門下也其曰吾更於茲四載餘矣于上官中始得一人焉前中丞餘姚陳先生近得一人焉實惟門下獨不令足下與二先生相從也觀原易之言其為門下述者又可知故雖未通尺素時在胸臆而原易得相與考德問業其間竊竊為原易喜而深慶吾道之不孤也易之兑不云乎君子以朋友講習夫

兌聖人極說之卦也顧朋友則難言矣知音者稀勝會不偶卽門下與原易處豈能久而不離悅而不悲故當原易未拂衣之前已逆知其有離別之感不待歎至而知門下懸懸於原易也原易志在幽棲去歲已露今果如願更又何求所愧病軀靦顏郎署無補明時久負青山之約今原易早着鞭耳恭惟門下司命文章獨當天下學士盛處而鄉先哲自吳胡二布衣啟以至于羅文莊吾道不絕如綫必有推擴而昌明之者願門下勿讓也夫講習之義非今人所謂講也此中講風寂蓍以原易之賢猶不免焉不厭

門下復然五帝憲老三王乞言古之君子以禮樂相示豈必講哉況門下職掌獨尊無行不與分自難盡豈暇更議一科就中示不言之教樹大觀之準近而愈遠漸而不覺有一分眞即有一分益庶幾學問可以自考人旋附謝不覓饒舌

啟薦主劉公

今之學士稱師得比於古禮隆崇者惟座主與薦主爲甚座主無意而受知文場中以梯一生之功名富貴非必實知也非必指授也薦主以職事相臨凡在按屬有嚴憚右

觀法獎善而教不能待其政成而後薦典加焉知我者奎
王成我者薦王也座主以恩薦主以義師義合也嗟夫[illegible]
之不明久矣必於近義其薦王乎子曰以德報德又主
也正名乎德一而已矣名則似當有辨薦王奉　天子
師表百僚而又拔其尤者報　天子即擬之國子先生
學使者而以爲師也於義誠類然而大賢君子猶竊爲
避之曰王命也吾何敢私也一切謝却若弗敢聞而家
然隆古之風忘言之象愈令人師慕而不可得也況其所
謂大賢君子修之於身行之於家邦仕宦猶可以範後

而與百代而況於及門之士乎由前則師分尊由後則intent
道立相率而師之勿辭可也都下去府上數百里而近某
等雖各羈官守不得親承杖履之光而大老儀刑中朝領
仰實耳熟焉乃向缺起居若甘外於面墻者然則未嘗不
嘆夙昔之遭逢而愧今日之疎曠也敬托長公之便附致
興居伏干俯鑒

答座主陳公

韓子有言山林者不憂天下者之所能安也如有憂天下
之心則不能矣每誦其言未嘗不嘆賢者所存與世上功

名全別顧憂則憂矣其如天下何即韓子當日已難大行徒抱先憂於時何補雖然論有唐名人必居韓子位不必宰輔道不必大行而卓然山斗一時聲施後世則不安出林之效也夫有韓子雖山林不能晦然既爲韓子矣又何必山林以爲高故至於及門上書不以爲耻而後來諸大儒猶不敢輕議其得失況不至於上書及門者而可以忘憂天下乎又可謂天下非一人所能憂也置之而借山林之高以勝彼乎元雖不肖不敢以自安而亦以願乎當世之大賢君子不欲其慕虛潔而負　明時也若曰位稍崇

矣不隨時俯仰則勢不能因而稍移壯志遽隳晚節則進誠不如退之爲愈然世所稱大賢君子又斷斷不如是耳方今負大賢君子之望者未有過于座主先生而形神愈旺壯志愈堅則其進與退于天下孰得於吾道孰得諒非門墻之士所樂爲諛者　主上明聖度越千古有君如此其忍負之一意向往報　主臣時徐俟大行不勝願望

答沈叔順

往時范原易爲南昌滿五載循例遷去其名實旣加上下矣在江以南數郡守則必稱良矣然猶未見其爲原易也

頃因事忤當路舉朝閧然共惜原易而後原易之爲原易始見蓋人心秉彞千古一日不屈而常伸愈屈而愈伸卽不伸君子猶不以此易彼況萬萬理之所無哉足下自信已久更又何疑凡有赫赫之名者必無冥冥之行詩贊文王不顯史稱西伯陰行善何暇與時人較短長願足下一意以往爲兩浙二千石立準標且以愧世之爲巧宦以圖速化者上以報　明時下以光吾黨毋令後悔可乎就中禮行遜出一端意義亦須理會蓋待己貴峻而與人貴厚有諸己求諸人未也躬自厚而薄責於人未也正己而不

求於人則庶幾矣自反而仁而禮而忠然而不愛且敬者未之有也元早年爲令愧缺此意望吾同志相與勉之夫因嚴以用恩則恩流以道而用情則情溥以仁人長者之風待天下則天下亦相率而歸於仁人長者之道何幸於湖州今日見之

答倪潞仲

近東海有道士至始聞薔薇河浚事而共誦邦君之爲烈也東海流瘠十七流移此河開庶幾有生意乎顧此河費不甚鉅歷六載而後成若非仁人在上幾作畫餅信乎任

事之難其人也日錄甚好但太守政煩又當甚劇毎於宴
息之候能註一行其間否憶元昔爲令時尚有餘功親書
史今居閒曹轉覺少暇未嘗不驚壯志之日頽也潞仲更
能於此時爲日錄之功是將來任天下大事氣象景服如
何道士來報萬花巖平安因得舊刻敬以覽正

答郭夢菊大參

先是拜湖北名賢傳之賜時知門下獨表蔣先生道林也
蔣先生與先師呂巾石先生幷爲湛門高弟又曾于羅文
恭集中得見所解格物說而喜之及讀門下所爲傳又甚

行誼純明如此則蔣先生在楚中學者當爲　國朝一人又以見湛門諸君子雖其風動不及姚江而篤行過之是亦可以觀二先生然元之置不復論者久矣夫學誠而已矣其分數不同而明亦因之孟氏而後明道誠且明矣伊川横渠次之朱子又次之江門別傳蓋出濂溪堯夫之派然無愧于誠者也與其明不足也寧誠則薛文清胡敬齋羅文莊其修朱子之業而有功近代者乎自新學興而學始難言此元之所以有戒也反已無功空言何補惟是厚意不敢虛辱輒又冒昧一言總乞門下指教之所不敢盡

者兒舊刻二編中附上請正

答錢侍御

往歲過廬陵竊耳政聲則已慕門下及晤龔憲使俞客部諸君子又知門下隱德焉都中屢承枉敎喜荷切磋未幾解袂可勝悵惘伏讀來敎深慰積渴至以執其一說自詡得道疑元此又元之所以慕門下也夫道之難言久矣言之難況於得乎況不善學道如元者乎𦍒門諸子日月至焉夫子猶不許好學若元者求一日之至而不可得也何敢言道門下之疑元者是也乃門下所舉艮卦而歸重於

象傳光明二字與大象思不出其位一語三四讀之未瞭其義則元疑於其對焉門下之意豈不曰艮其身未足以盡艮而思不出位其重在思如大學所云致知者耳此謂光明耶此義弘深驟難剖折姑誦所聞一二而高明採焉物有本末而身其本也致知而不以脩身爲本此致知所以遺格物也其去大學遠矣身在是則位亦在是凡思而出位者不素位而願外不正己而求人皆邪思也以其求止遠矣至哉孟子之言曰行有不得者皆反求諸己又曰妖壽不貳修身以俟之皆思不出位之說皆止之說也不

獲其身不見其人未易言也其道光明未易言也能慮能得以後氣象姑緩理會且自顧知止入定何如耳由反己而修身由修身而忘己則庶幾矣雖然茲庸語也而元猶未之能也近代有心體道體之說倘門下奇尙之則非所敢聞元惶恐再拜

啓太倉相公

頃幸叨侍未既所請偶有未議竊比芻蕘伏惟相公垂察焉恭惟相公負堯夷其瞻之望際千載一時之遭而元也疏頑曉舞自謂無可比數乃過辱殊知私自慶幸診啚爲

報不知所出竊惟方今事勢內而有掖廷之隱憂外而有邊疆之大患天變于上人危于下　主上誠明且斷乃其傾心付委在相公而天下人士亦僅僅恃相公以無恐竊計相公密勿論思塞違昭德精誠所至必有銷患微渺鞏固　皇圖而外人不及聞知者葢近讀籌邊一疏可想已即願效一得之愚又何能居相公之意外而仰贊其萬一惟是李中丞爲蘇侍御論逮一節久未得白雖有臺省交章累牘與夫撫臣之重布衣之微吏使之無知皆能同聲爲中丞陳乞而終無以回　主上之聽此亦明時一闕事

聞相公維護亦盡心至矣　主上亦豈忍一中丞而顧遲回若爾者其說有二一則未知中丞處滇南事正可行今日一則悪名帖子一節難于自明以致　上疑未解非有他也試借邊事言之我兵乏久矣彼衆我寡難以慮敵今土番怨虜入骨三娘子與虜王失驩虜王因聽火酋勾引生事失賞華人爲虜王謀妄意　天朝而其計不售凡此皆可疏間竊爲我用誠得中丞以夷攻夷之策行之必有如孟養蠻莫者出而繫火酋之頸制虜王之命此其經畧可法也虜騎長驅入我內地數千里殺戮大將而下不可

勝計而當事者猶傳接報上首功則無怪課功罪者紛紛之論也夫莽捏二川延袤一帶皆吾故地今虜雖出境尚盤據爲己物首功何論哉誠能下明詔以肅清二川驅虜盡歸巢穴然後當事諸臣得以報命果能如中丞在滇南克復我邊地則其後先罪過有無首功俱在所畧庶當事者知　上意向必思得當以報而不敢懷苟且一時之安此其律令宜定也以夷攻夷故不血刃而揚威萬里之外一清邊境故不課首功而邊臣之績著然則中丞滇南之事可謂奇勳而敘一中丞爲邊臣之勸甚大　主上或能

釋然于中丞也至于匿名帖一節但得相公一言可辨益前此諸疏　上皆疑其有因而至前雖以撫臣之言最爲可據未免置之一例自非相公平生一介凜凜素結　主知其誰能無纖毫之疑故回　天之力似相公又不得不專任其責也方侍御論中丞時詎意至此一陷不測所救章日至雖侍御心亦不安爲今日計姑　請照例發遣以待論定則侍御之言既行而中丞亦可免獄中意外之虞以累　聖世似爲兩得之元于侍御往同官誠厚于中丞雖無舊識而偶誠道義之雅然其所以區區若是非敢爲

私于侍御與中丞在　聖明當及此時以勸邊臣在相公當身任所難以對天下冒黷尊嚴皇恐無已

答臺長李公二首

昔漢人料七國之變發速則禍小發遲則禍大倘今秋西陲僥倖無事論者得藉口以終持和議而盡屈羣策將來之患可勝言哉則老先生之言當爲左券矣夫互市卽奇要非長策況天下事亦未有勢窮而不變者狃近利以悞遠圖可惜一當彼酋叛盟之秋不爲興師問罪之舉時過則無名可惜二歲致虜金繒百萬且犒軍士之腹以益之

中國財寶有去無歸非如向者在官在民在軍相流轉而存吾內地也可惜三國以民爲命民以財爲命財竭則民困民困則國隨之宋之末路是已可惜四　主上英武豪傑奮庸有是君有是臣兩不相值以伸堂堂天朝之氣可惜五此五可惜者方今大小九列與臺省郎署中抱此慮者十七爲此言者十三而終無以回廟廊之見亦且奈何哉緩之則河套之事成而甘肅不可支矣急之則維州之議起而去河北賊反易矣不知古之大臣幹旋宇宙弘濟時艱竟臻厥成而身安名顯如張留侯狄梁公裴晉公諸

君子可復見于今日乎書曰同寅協恭和衷哉卽虞廷濟濟能盡寅恭則自五臣始卽五臣意見豈無異同而終屈服至論則自吾之至誠始未有誠至而不動者蓋古大臣之謀國者類如是何獨于今不然台光漸遠回首依依塵黷清尊伏增悚息

又

伏枕多時向缺候教聞有大疏留中莫可稍回　聖意否每憶近事自是諸老求治太急又其責望　主上過殷而自責意少獨不思三代以還有　主上聖明如今日者乎

前此半年間　君相之際自六部九卿以及邊疆大臣腹裡尊官盡舉其職此何等氣象而可多得可易言乎書曰天休滋至惟時二人弗戡以政府王公未知此日此時之難也且以王公素無左右之容而　主上能委以國其知結雖未必如太倉公亦自是古今僅覯今以太倉公所不能得之　主上者而遽望于一旦近乎易之所謂後恒貞矣近得讀其三疏往往有全晚節之說王公何人也肯以全節爲高此何時也而暇以臣節爲言哉甚欲獻一書王公以病未能且嫌于平輕瀆不審閣下可轉達此意與否事

雖已往而　聖意天容方在躊躇或者有萬分一之助也近聞敝省與楚中孩君同時疏乞養病此二君皆臺中當時稱賢也幸勿輕聽其請況近日人材又當重加愛惜伏惟主張力疾占授不莊悚息

答陳蘭臺

往事與論各自明白亦知大疏必不可已然一之足矣文中子曰辨不得已也其猶兵乎兇此三君者皆今之所謂賢人也惟處丈一事共言其過丈之直氣琅琅不待讀大疏而後知夫既知之矣而又急急乎白以重彼之過則我

亦豈盡無過乎覿部中覆疏與夫奉　旨嚴切不可謂不知我然當此之時正不必令天下人盡謂得在我失在人也此詩贊文王所謂不顯惟德史稱西伯陰行善正吾輩求天知時也爲今日計當即遵　旨赴任料當事者必有以優丈即不然而丈之品已定益以增其高而詔今後乎再疏萬萬可已此非元之言而凡相知者之言也伏惟裁擇賤恙新起未能多及

與徐客部懋和

李先生所遭不幸謬附同志不能爲解眞可自愧雖然自

公卿而下至於韋布爲李先生上書者累牘矣[illegible][illegible]今患難中君子有際遇若此其盛者乎李先生得此卽死有餘榮矣兄　主上仁明千古一見原不以死得李先生而李先生未免尚有怨尤之意此其於知止有定修身以俟意得力與否師生道義不得辭其責也有一啟附上幸爲致之足下志遠而興高識端而守介默默守此充其未至何患不及前賢而猶皇皇於會講一節何異走日中而避暑也子曰爲仁由己孟子曰仁者如射李先生常憂學不傳元但憂無可傳者耳能爲珠不患不澤媚能爲玉不患不

山斷必如是而後能定靜安慮皆從此出足下以爲何如

答鄭德進

春間小价至及近鄒親眷屬相晤舟中兩辱手書兼黃白之賜極荷眷厚乃近書爲雨所濕不得槩讀只得存者十之三大抵綱常語也此關係甚重烏可輕言但各家庭闈之際各有難處處而爲人子尤難須得眞情乃可理拆又向來古禮考究欠精時俗相傳大半錯舛如宗法一件近始得其梗槩而庶子爲生母服亦尚有可言等已疑爲此

二論附入家譜未暇也然若足下云云何至於是之甚乎夫大閑則不可踰而恩常掩義情親禮疎勿以議禮而至於父子反唇則家庭中第一要義每思古人孝友至處常自居有過之地如大舜泰伯伯夷叔齊諸君子但以孝友爲重天親至性耳足下以爲何如

答鄭德涵

手札至具見人子至情然稍過矣賢親常言長兄遇諸弟甚厚亦多委曲獨有此一事似難爲爲子者如此則或可諒令兄之心也頗聞親家當初時方以補官行雖具聘典

而正始之義未備已而論其賢淑也始堅成之推親家之意必以德貴故不可輕亦或出當時之忙促然不知禮重正始也既成之矣又不及封誥之錫正位號以詔族黨臨冢婦即親家在時已疑禮體之難令兄之見亦有說也賢親愛毋令兄亦愛其毋賢親之繼父也以成志令兄之繼父也以成志均之可以勸孝賢親盡其在我者可也仁人之於弟不藏怒焉不宿怨焉況於兄乎想傲象待其兄非禮處豈可忍而舜不怨也此孝之至也大率家庭之間恩常掩義而義在其中情常勝禮而禮在其中然不可求人

責人也正己而已矣故曰正己而不求於人則無怨躬自厚而薄責於人則遠怨必欲求人責人非但勢不行正己疎而怨尤起一未得而兩失之也願賢親立身行道以顯其父左右承歡以養其母恭讓怡怡以友於昆弟其爲孝孰大焉孝弟盡之我是非付之人禍福聽之天其所守孰約焉古人事兄如事父事嫂如事母至孝也賢親之可勉者在此幸念之惟賢親資美近道相望甚遠故不惜詳惟諒察

答周時甫

時文與古文原別近𠀤反而一變矣尺寸左馬雕刻字句以爲古文而索之無謂也是古而時者也刋陳詞究旨歸機軸縱橫必由己出雖猶存方體而意常在員也是時而古者也與其古而時毋寧時而古也此吾有取於今日之時文也顧其出之無本而才或有限不免極力於迎合之工而亦往往有售者君子不貴也讀足下所謂時文則誠古矣其形神合而華實俱倏乎其變而沛然有餘也意不獨其才則然非養之深不易至是信足下之奇於文也然吾觀古今才士能文章者多嘆簿書民事以爲令則不宜

於官官其小者自視常出古人上恥與塵世爲伍則不宜于人人其粗者將曰天之所以與我盡在是矣則不宜於學則是文章之爲累亦不少可有也亦可無也足下深沉而謦頦厚蓄而寡露友朋推重在彼不在此則前所言者皆非所以慮足下然猶願足下若無之也夫生人易生才難生才易成才難成才易大成難大成非學不可學則知天與我者如何方無愧學則見天下之人皆勝我者如何方無作學則知見在職業難修如何方盡分其於大成亦不遠矣前有小敘附於鄉王甌寧君往丙有爲令四要鄙

醉經樓集

見以爲足下今日學苟此不審到否又不審足下能不以爲迂否來書謂意外呶呶有言此何足論君子有終身之憂無一朝之患行有不得反求諸己夫仁者在己爲仁由己而已矣一切毀譽助我進修不怨不尤自有知我若初至歡虞其終多吝此仲尼子產頌聲所以久而後作也京中往承寄貺茲復稠疊故人何不相知情深且文毋乃過歟需次之苦初仕之難夙昔既經之矣但願一意民事簡畧世情名世事業發軔在茲倘有相聞素緘爲愛既寧君書倘未到幸從遞中覓之大抵州縣甚難少能別讀是最

易染者士民未相信當路未相知是最易怨者亦多不怨自責自修山川之靈且佑之況於人乎惟自萬萬

答汪吉州

榮履月餘頌聲未作在他人則可慮在足下正是規模宏遠處此中取譽頗不難何必足下所望足下以純王實意深入士民不棄時尚不落時尚自作主張則世道有大幸不特在一郡與一時耳往元初至吉州時曾見廬陵鄉先生張公諱子弘者論吉州人物謂聞之故老叟兒童公論似求於貧中若三羅是已三羅者皆及第也而能貧此言

歷幾近之後因登匡山有詩云王匡既仙去遺跡山之阿豈無一代雄千秋名如何貧人貧不死富者空金多吉州今代盛人物在三羅鄙意謂禮失而求諸野張先生之言或有據也乃彼時諸公見此詩多不滿姑以俟百世可也足下謂必於講學中尋人殆未可草草吾道自有正氣世間自有真人足下平心而徐察之自見不當以區區一篇之言爲左劵也足下喜釋釋不妨儒各自成家正不必混而兩相借耳白沙有言儒與釋不同其無累一也足下蓋有志於是矣而必尋人於講學不但無益於儒亦且累其釋

意而失之也此邦九邑講學大半就其講者之屬如足下所云亦槩覩復可使之轉令盛乎必以講學尋人與必以不講學尋人均之有意雖然世必有不講而學不言而信者雖未之見不敢誣天下盡無人也非高人不敢及此惟裁察

答劉方伯　二首

途來每見張黃門玉車論當今人物未嘗不盛推門下及晤李中丞先生其言猶玉車也顏儀在對深愜私衷獨不得從容扣所欲請并行時憶承李卓吾道人寄聲相候之

諭既渡江因與玉車晤卓吾於大別山上坐語移時即其榻所見几上有卷一軸乃卓吾與顧尚書公約遊焦山往來書札也卓吾札云何必焦山必焦山則焦山重我既不欲死于婦人女子之手又不欲死於假道學之手則何往而不可死也讀其詞而壯之玉車喜先題數言卷上以次見屬惟元之念卓吾亦猶卓吾相念也遂發如蘭之說以應玉車若曰吾輩與卓吾趣舍不同自當有同者在耳乃卓吾怫然以其言無當也玉車解不勝元乃言曰世人出處名與利而已出者間或近名而不勝其利處者間或爲

利而不勝其名者名不在山林利不在廊廟謂之好蘭豈不可也卓吾顏始稍露今其題卷具在門下一索可觀之倘所題過當幸直以一言敢不勇於受責以嘉長者之賜

又

伏枕中忽辱枉書不覺沉痾之去體也所承獎借愧不敢當而門下所引未能則實大有訂頑者不敢以爲誑也大抵一體與過化實未易言近世儒者動稱一體而侈慕過化此不可以欺人止欺已耳楊子雲有言君子忠人況已乎小人欺已況乎爲今之學未有不欺己者其原生於

以本體求道而所聞見拙踐脩耳高明以爲何如李道人名震湖澤之上頗聞其旨主不欺志在投時可謂獨造獨其人似過於方外寡淵默之思露剛俠之象未言化俗先礙保身門下當善成之勿愈益其僻也夫儒與釋不同而吾儒之中庸與釋家之平等一也不審道人亦有味其言否耶道人因焦太史與門下之雅謬意不肖乃不肖亦何敢無以報道人惟轉致爲幸蓋因道人既以自省又恐其友與於今世談學者之弊之甚則關係不細耳道人以一代知音待□當其時實不解也別去三年始悟其意亦不

必復扣道八

答余司理

邇來士大夫工於速化之術一以彌縫世情諂上諛下爲通才爲遠器無論道理何如卽本來稟受偏氣亦消磨殆盡猶然世共賢之而彼亦若自以爲得計者士風至此可爲太息夫理天而氣人然氣亦所以輔理自大賢以下氣皆不能無偏氣存而理猶有存者故理失而求之氣可也并其氣而喪之且侈然附于非理之理如世道何方門下理敝郡時未能無氣亦未能無偏然竊私相謂今時難得

正如公等在一方則官邪民害懼居臺諫則能行我所欲言不肯顧慕以媚當路而病公家所期門下謬有世道之思焉而詎知其不果爾雖然亦何損於門下也伏讀來書引以自訟其氣王其語衷油然冲光益增敬悚世有小經挫折卽改生平又有不堪時俗愈爲白眼以傲當世者聞門下之風可以自省矣夫官何負人人負官耳守道守官其理無二能求勝己百順自生安知今日之失非兩得也夙承雅誼敢布腹心敬謝遠存之辱不備

辭邦 伏見招

屢承寵召未敢趨命而又未敢遽白其所以猥托于小祥以外之權辭致壓記憶復叨茲寵深愧不孝之未能以誠事我邦君也不孝自經生時謬志古禮毎讀史至西晉深惜王謝風流禮教陵夷極矣然而朞功緦竹猶載史書令人驚異不知今天下士風當不止此也往往爲友人道之曩出都時猥辱相知以纂葺禮經過督此日竊不自揣量妄有事焉今亦粗有次第奈向來偷惰之習兼以多病之軀自覺叛禮狥俗處多已不勝其內怍則焉用經爲惟有此類一二細節且易守者猶未敢蕩盡以駭鄉人耳目以

累我郡君一方之風化伏惟臺端憐而舍之倘得伏苦塊
中竟業于諸相知所督過者萬一有所發明在翁祖曲成
之恩以視前席之賜其輕重大小何如也力疾布聞皇恐
皇恐

書類卷之五終

醉經樓集卷之六 雜著類

澄邑唐伯元仁卿甫著

湖廣辛卯科程策二首

問六經語孟論道者莫詳於易中庸二書而諸說同異爲甚豈道體難言歟姑舉一二易有太極語自渾成也或曰無極又曰無形或曰道又曰心何耶一陰一陽之謂道意本完足也或謂推其所以或以理氣分何耶於乎不顯不顯惟德一文王也或曰顯或曰不顯有二耶不覩不聞人所不見同此獨也或指人或指已有別耶夫

道有本體學有工夫聖人但言工夫不貴本體故性與天道不可得聞然則易中庸非歟無聲無臭不見不聞非本體歟儒者之說有道體有性體有仁體有心體或以求放心爲求心或以立大爲立心要之本體之意不知聖人果好以本體示人耶抑別有解也其悉以對

學以明道也而非以道明道也以道明道而道愈不可明其必有寄道者乎天地萬物寄道之物也人生天地閒爲萬物中之一物寄道之人也有是人則天地萬物在我天地萬物在我而道將焉之乎是故近言之而遠也約言之

而屢也雜言之而一也卽默無一語而其意自傳也何也道固如是也不然而索之過玄愈玄則愈晦拆之過精愈精則愈粗將以明道而道愈難言矣故曰人能明道非道明人此明道之辨也六經語孟言道之詳者莫如易與中庸姑就明問所及而言其一二易有太極贊易並易者變也太極者至善之名中之謂也易有太極變而中也變則無窮而中不可變周子曰無極而太極是也而或以無極爲無形或以道爲太極又以心爲太極夫太極卽道也謂心卽道可也太極之無形固也以無形贊太極可也葢不

知大傳之語自渾成也一陰一陽之謂道言道也獨陰不生獨陽不成在地爲剛柔在人爲仁義故一陰一陽而道立焉程子曰中之理至矣是也即太極也或謂道非陰陽而所以陰陽者爲道或謂陰陽亦氣而其理爲道將理氣爲二乎爲一乎孰先乎孰後乎葢不知大傳之意自完足也不顯惟德詩人頌德也與不顯之德之純一也觀史稱西伯陰行善夫子贊文王至德而其義可徵矣或以不顯爲顯者不知天載即文王也非詩中之本旨也不覩不聞中庸言獨也與人之所不見一也觀君子不愧屋漏小人

爲不善於閒居而獨處可想矣或以不見屬己者是求工矣於渺茫也非體道之實功也合而觀之太極也道也似者本體也不顯也謹獨也似言合本體者也然道以陰陽著陰陽氣也非本體也太極以易言易亦陰陽也非本體也道與太極尚無本體之可言況不顯謹獨而可以言本體乎易也陰陽也寄道之物也不顯也謹獨也寄道之人也皆不可以本體言也然則無聲無臭不見不聞非本體歟子曰無聲無臭天也不見不聞鬼神也天與鬼神形而下者也道形而上者也言天以無聲無臭可也道之無聲

臭也豈待言哉天者道之官而天不足以盡道故無聲無臭非本體也言鬼神以不見不聞可也道之不見聞也又豈待言哉鬼神者道之用而鬼神不足以盡道故不見不聞非本體也非本體而以爲本體聖人不道也六經微言莫過乎易然必卽天地鬼神人事象數卜筮反覆以推明之而要歸於不言而信存乎德行聖人固未嘗以本體示人也故曰性與天道不可得聞何聖人言之之難而後人言之之易也毋亦說者之未深考也是故逝者如斯夫不舍晝夜則以爲道體矣然孟子不云乎有本者如是是之

取耳是本解也言學貴有本也有本故不息而道可幾也
鳶飛戾天魚躍于淵則以爲性體矣然程子不云乎與必
有事焉而勿正心之意同是本解也言學貴有事也有事
故勿忘而道不離也立人達人言仁體矣然則己所不欲
勿施于人將無同乎程子所謂言仁之方而非便以爲仁
是己仁人心也言心體矣然則以仁存心非仁無爲何頓
異乎李延平所謂孟子不是以心名仁是已求放心似求
心而放之義當明也知受無禮義之謂失其本心則知由
乎正路之爲求其放心矣立大似立心而大之義當識也

知仁義忠信之爲天爵則知飽乎仁義之爲立大矣凡此皆自解也而非別有解之謂也皆以經解經也而非以我解經之謂也然則聖人果言本體乎不言本體乎聖人非不欲言本體也本體不可言雖聖人而不能言也大匠能與人規矩而不能與人巧良醫能授人方書而不能授人神六經之設教也學者之規矩而聖人之方書也自巧也何必規矩自神也何必方書自上達者何必下學喜談本體者意蓋如是然則聖眞神解一切皆空文字六經盡爲糟粕矣又何必索之過玄而拆之至精也噫亦惑甚矣是

故不患道不明而患道無寄不患無寄道之物而患無寄道之人仁義之人寄道之人也推所欲爲仁由正路爲義勿放焉爲心旣飽焉爲大出而爲源泉混混動而爲魚躍鳶飛合德而爲陰陽爲太極其近如地其遠如天其約在一身其廣在六合其變化萬有而不離乎中與世爲蓍龜爲山斗可憲而不可乞言可乞言而不可盡必如是而後道明然要之謹獨至矣所謂獨不顯是也人所不見是也不求人知獨求天知獨行視影獨枕視衾獨往視鬼神獨居視師保晝驗妻子夜驗夢寐如是而已非必求之無何

有之鄉而以爲本體者也本體之說蓋自有說而非吾儒之說也援而入之翼而高之其流必至於去四大逃倫類裂冠裳盡毀中國之教而後已韓子曰舉夷狄之法而加之先王之教之上幾何其不胥而爲夷也此執事未發之意而愚生之所不敢道者也

問周子中興吾道而楚之鄉大賢也每教二程必令尋孔顏樂處所樂何事則尋樂當爲學者第一義矣顧當時程子既引而不發解者猶謂當自愽約竭才求然後庶幾得之則樂何時可尋耶周子蓋嘗自解矣曰見其大

卽心泰夫大可見則樂亦可尋然則所謂大者何物耶
爻其語學聖之要曰無欲不知無欲亦見大尋樂之意
卽近代儒者動稱曾點謂其樂已見大然則點之大且
樂亦顏子耶夫士而居長戚戚者固卑卑無足道彼漆
園之逍遥竹林之曠蕩亦可謂大與樂否果必於大與
樂則孟子所謂君子有終身之憂又何其相戾也諸生
固生長是鄉而願學孔顏者其尋樂已久幸著於篇
樂不可强而生也亦不可急而求也聖人之言學也不曰
樂而曰無怨不曰無怨而曰反已夫反已者道之源而樂

之所由生也能反已而後能推已能推已而後能誠誠無事矣樂在其中矣夫樂何易言必也無怨乎無怨何易言必也反已乎子曰上不怨天下不尤人曰在邦無怨在家無怨則樂之謂也曰正已而不求於人則無怨曰躬自厚而薄責於人則遠怨則其所以樂之謂也無怨非樂而無怨近乎樂也不反已而求樂是樂其所樂而非聖人之樂也知此則孔顏之樂周程之尋樂有可得而言者矣嘗聞之孔鑄顏也言則不違語則不惰居陋巷而簞瓢自如當絕糧陳蔡絃歌不輟非孔樂顏也而顏亦樂孔非孔顏相樂

也哉顏亦自樂其樂此何以哉以爲樂貧耶則聖賢非不近人情者彼其浮雲富貴以不義也如其義則奚必貧以爲高以爲樂道耶則發憤悱忘寢食至晚歲而猶三絶韋編亦步亦趨苦其絶塵而恨其卓爾也又何有道之可樂然則必見大而後樂乎曰天下惟道爲大大不貴見也至道未見所以爲文王見之爲仁爲知故君子之道鮮凡有見者非已有也非已有者不能樂也聖人不言而周子有爲言之也然則必無欲而後樂乎曰惟天生民有欲欲不必無也在我有當欲可審而安在人有同欲可公而其

夫所謂至人無欲者中之謂也中者中節也無欲而樂不加有欲而樂不損聖人不言而周子有爲言之也聖人不言防賢智之奇而愼也周子之言引中人之進而高也賢者常高而聖人常愼此立言所以不同而聖賢之分也其意一也雖然樂非爲貧也而安貧者近之知命則樂天矣樂非爲道也而憂道者近之憂道不憂貧矣樂不貴見大也而立大者近之飽乎仁義則不願膏粱文繡矣樂不必無欲也而欲仁者近之欲仁而得仁又何怨矣程子曰仁者體仁何憂之有凡不在己而逐外皆憂也若顏子不息

而其樂者仁也夫知顏子之樂以仁則仁固難言也樂固難言也知仁者在己則知反己反己則無怨而樂常存焉執事謂程子引而不發愚謂善發顏子之蘊者程子也孰事謂必傳約竭才之後而樂可尋倘所謂爲仁由己非歟亦愚所未解也且夫樂與憂相反也則有以憂爲樂者懼禽獸草木同歸朽也義與利貞勝也則有以義爲利者知良貴天爵吾性命也人與己相形也則有以人爲己者知天地萬物莫非己也知憂之樂知義之利則知人之己矣知人之己則於樂也幾矣雖然有人有己有人己有己己

醉經樓集　卷之六　八

知人易知己難知人之己易知己之己難彼得利則躍躍以喜失利則戚戚若不可生者樂在外者也非己也入聞吾道而悅出見紛華而悅者樂在內外之間者也非己也此以人對己而言也夫人而易辨也知在己也而不能責己是謂棄己棄己非己也知責己也而不能推己是謂盡己盡己非己也此以己對己而言也夫人而難知也是故吾之所謂樂者己之謂也吾之所謂己者反與諸之謂也推擴得去天地變化草木蕃推擴不去不足以事父母妻[illegible]之何易言樂也何敢以不推也我施愛敬而不答

必其愛敬未至也我懷忠信而見疑必其忠信有歉也如之何易言推也何敢以不及也是故推要矣反先矣惟能反故能推推不已故反亦不已反之不爲不忍而推之所爲所忍反之不食嘑蹴而推之無禮萬鍾反之怵惕惻隱而推之火燃泉達反之庸言庸行而推之博高厚明反之暗室屋漏而推之中和位育謂君子樂乎則有終身之憂謂君子不樂乎則無一朝之患嗚呼焉知憂之非樂而樂之不在憂中也善乎孟子之言曰反身而誠樂莫大焉強恕而行求仁莫近焉反者反己也強者推己也誠者實有

諸己也仁亦誠也樂者足乎己而無待於外也反則可賢推則可大誠則可聖樂則可天誠矣仁矣何如其樂反之强之何如其憂夫其憂也乃其所以樂也儒者不察但知樂之樂而不知憂之樂遂謂春風沂水見孔顏之大得孔顏之樂而夫子與之使夫子果以大且樂與點毋乃愈益其狂而非欲裁而中行之意乎自是一變而爲漆園之逍遥再變而爲竹林之曠蕩高明之士或有慕焉孔顏之樂遂不可復尋而爲千古不傳之祕則豈非徒見樂其所樂之[illegible][illegible]不知吾聖賢之所以樂之難哉是故學莫貴乎無

怨追莫大於反已一反已而樂可尋矣子曰射有似乎君子失諸正鵠反求諸其身孟子曰仁者如射發而不中不怨勝已者反求諸已而已又曰行有不得者皆反求諸已程子曰在止於至善反已守約是也皆凡尋樂之旨而儒者不察也嗟夫此乃韓子所謂孔子傳之孟軻而伊川所謂孟子之後一人者也

雜說五條

惟賢者能愛人能惡人能貴人能賤人是故有君之尊有父之親望之山斗畏之神明其道在故其權亦在也苟非

其人雖以王公大人之位愛人而未必親也惡人而祇自絕也貴人而或逃之也賤人而反成其貴也

惟不求人知也而後人知之惟不求人信也而後人信之

桃李不言下自成蹊

望重朝紳不若信於寒微之友生徒滿天下不若使閨門之內與我同心

以古禮待時人失已以俗禮待君子失人以不古不俗之間待人失道

善養名者不諧俗善養福者不近利善養德者不貶禮推

此義也可與造物者遊

家訓四條

道理所貴者賢聖可學而能也世俗所貴者科名可動而取也上無志賢聖下無志科名徒騁心目之娛以危父母

曾守錢虜之不如

衣帛食肉以優老也錦衣肉食以旌貴也若分爲子弟自當布衣蔬食即生長富貴之家其御有時其施有禮不惟明志亦以惜福

吾之身至貴也以供物之至賤吾之生有涯也以從物之

無涯小欲而大慼已有能求吾所大欲者渾萬物爲一體超萬物而長存此之謂大智

凡事先求己過聖功也不求己過而求人過大惡也日月薄蝕何損太虛可畏者惡耳凡過無心而惡有心人鬼之分上帝臨汝

大學中庸四解

大學中庸皆子思作也世人未信石本特爲言卿書之以足賈逵經緯之義

惟天爲大惟學則天易曰天行健君子以自强不息大學

也惟中故大惟庸故大易曰龍德而正中者也庸言之信
庸行之謹中庸也夫大學中庸易教也
惟天之命於穆不已上天之載無聲無臭不顯也不顯者
獨也十目所視十手所指潛雖伏矣亦孔之昭獨也獨者
不顯也夫大學中庸詩教也
小人閒居爲不善見君子而後厭然則何益矣閒居獨也
君子之不可及者其惟人之所不見乎人所不見獨也故
獨非無何有之鄉大學中庸原無二獨
物有本末知所先後是謂物格知至齊明盛服非禮不動

所以脩身好學力行知恥則知所以脩身是謂明善誠身故脩身要且難大學中庸原無二本

為令四說

信當路易信同官難信巨室易信小民難民乎民乎果能視如傷保如子然而巨室不慕者未之有也是謂信友獲上之道

任宦者當以權要爲氷山以士民爲泰山然不可媚下不可亢上各有以處之君子正己以先人親賢而容衆行有不得惟在反己

自上官而鄉貴而過客而細民一一責望於我豈能使之無怨我無怨焉可也我潔己愛人盡分而已矣其實分未易盡

錢糧詞訟最是難清火耗罰贖最是易染難清者勿厭細心自就條理易染者必令分明人人共見

愛賢堂書賢不肖等

賢之等忠誠好善第一廉以惠第二能而守法第三守法得官廉惠得已好善得天不肖之等陰險第一欺詐第二苞苴第三苞苴害身欺詐害政陰險害國

格物脩身講草

物有本末身其本也家國天下皆末也未有本亂而末治者格物者知脩身爲本而已非修身爲本是謂知本是謂知本是謂知止是謂知所先後是謂物格知至故務其本則意誠不然皆僞也守其本則心正不然悉邪也意誠心正即可以語修身乎未也心雖已正而身未易修故無私而不當理者有之克己而不復禮者有之知及仁守莊以涖而動不以禮者有之定靜且安不慮則不得者有之故格物者近道而已即慮且得猶難至善故曰好學力行知

恥則知所以修身又曰齋明盛服非禮不動所以修身葢至於禮然後修身之能事畢矣雖然齊家治國平天下豈都無事莫知其子之惡是縱子莫知其苗之碩是貪財未有貪財縱子而能齊家者未有以暴帥人而與仁讓於國者未有嫉彥聖舉不肖蓄聚斂好惡拂人性而能平天下者故節節有次第節節有工夫然皆必自脩身始欲脩其身必自格物始物格而身不脩者有矣未有不格物而能修身者也格物者知本也脩身者立本也知本智也立本仁也仁智勇者勇也此格物與脩身始終之條理也然則

格物如何在家而家在國而國在天下而天下無巨細無精粗將有行將有爲凡有行凡有爲或爲而不得或行而不通一一反己省己責己舍己不敢一毫求人責人不敢一毫求人責人然後可以求人責人孟子曰萬物皆備於我矣又曰行有不得者皆反求諸己又曰仁者如射反求諸己而已矣是謂格物能知此義然後宇宙在手萬化生身

立後說

友人蕭曰階有弟婦以守節終而議後者不果爲

著此說

禮爲人後者爲所後父斬衰三年傳曰何以三年也受重者必以尊服服之何如而可以爲人後同宗支子可也又曰爲人後者爲其父母服期傳曰何以期也不貳斬也爲人後者孰後後大宗也大宗者尊之統也收族者也不可以絶故族人以支子後大宗也適子不得後大宗夫惟大宗乃後惟支子乃後大宗古禮之不輕後者如此何後代言後者之紛紛也得無與古禮悖與夫子與門人習射令司馬出爲人後者得無曰悖禮之夫不可與觀德與蓋必

有說矣按記禮者曰大夫之庶子爲大夫則爲其父毋服大夫服其位與未爲大夫者齒士之子爲大夫則其父母弗能主也使其子主之無子則爲之置後解曰父貴可以及子故大夫之子得用大夫之禮子貴不可以及父其父士則不得主也信斯言也則置後者以尊父也然非大夫則不必後又以尊君也在君而君在父而父其義一也一置後而忠孝兼焉者也記禮者又曰丈夫冠而不爲殤婦人笄而不爲殤爲殤後者以其服服之解曰不言男子女子而曰丈夫婦人則以冠而宜有丈夫之道笄而有婦德

故也自童汪踦觀之苟無其道與德雖殤可也信斯言也其人誠賢雖殤勿殤仲尼之所與也婦人許嫁方笄誠堅婦守賢者之尤難也生爲女婦身繫綱常何啻執干戈以衛社稷之爲烈勿殤可也殤而猶可以勿殤其不殤者又可知也是故非大宗不後禮也貴而後賢而後義也禮以義起者也自周公仲尼以來未之有改也非後代之謂也然則凡貴與賢皆必後與曰貴有大小而貴貴者差賢有大小而賢賢者等禮所生也賢而無關於世教雖賢抑末也而況乎不賢也貴而不足以重輕雖大猶小也而況乎

不貴也不貴而貴之者猶之乎不貴貴不賢而賢之者猶之乎不賢賢於義何居則利而已矣利則爭爭則亂亂則夷狄禽獸而已矣是尚可與觀德乎執斯罪禮是尚可與議禮乎有能知夫子命司馬之意又能知夫子進童汪踦之意然後通於立後之說然後知禮之不可一日不明於世也

生母服說

先王制禮首重大綱婦人從夫夫死從子女子之嫁也父命之無違夫子從夫之義也丈夫之冠也見於母母拜之

從子之義也從夫者貴不敢以敵夫從子者賤不得以施子故禮父在爲母期父沒然後齊衰三年凡言母者嫡母生母也繼母如母尊父之匹也慈母如母貴父之命也曰繼母則嫡母已不待言曰慈母則生母又不待言也然則孟子謂王子母喪其傅爲之請數月何也諸侯禮也而王在也請者請於王也禮記公子爲其母練冠麻衣縓緣既葬除之諸侯在則禮然也又曰大夫之庶子爲母大功大夫在則禮然也公子除乎既葬大夫庶子大功貴賤之等也然則諸侯大夫不在皆得三年歟吾未之聞也禮有餘

尊所壓之文爲諸侯也諸侯君也尊也大夫之庶子不言得擬於士也若公子與庶子皆繼世而爲諸侯大夫則禮所謂父母之喪無貴賤一也何者禮有壓父無壓母律之以從子之義雖嫡母不得以其尊臨諸侯大夫也然則禮曰庶子爲父後者爲其母緦何也諸侯禮也何以知其諸侯也有死於宫中者則爲之三月不舉祭故服緦是以知其諸侯也不爲後則公子而已猶不得緦也諸侯在以爲後而緦則諸侯不在不止於緦又可知也然而諸侯之禮先王不議葢慎之也然非所以論於大夫士也大夫以上

漸貴貴則尊尊大夫以下漸賤賤則親親貴貴親親其義一也然則祔可乎吾聞之矣士大夫不得祔於諸侯祔於諸祖父之爲士大夫者其妻祔於諸祖姑妾祔於諸祖姑亡則中一以上而祔祔必以其昭穆又曰妾無妾祖姑者易牲而祔於女君可也祔則仁至易牲則義盡仁人孝子之至情也言士與大夫禮可通也然則今世士大夫禮宜如何曰今之上卿視古諸侯其次視大夫然非世爵也即簪纓累代不失爲士庶人之家約畧而用士禮可也然則適子在宜如何禮士爲庶母緦爲有子之妾緦大夫爲貴

臣貴妾緦在夫且然而況於子適子有服何疑于祭夫禮古今共之者也今之祭也以別室如何曰似也父在可也上卿可也不然非易牲之意而僭擬國君且使子爲母壓也壓則無父僭則無君無父無君不敢以訓

瀨溪先生墓誌銘

國朝迨宣德間制科始重吾鄉先進王公彰以東廣解元登進士第是歲兩廣惟公一人王氏之聞于嶺南自公始朱幾公之子若孫曰隆曰冕者與諸子姓聯名桂籍又若干人而隆以孝友著稱載郡邑人物志嘉靖辛卯郡中鄉

舉二十三人成進士者九人而林公大欽以弱冠及第爲名狀元潮之人文於是爲盛維時灝溪先生在二十三人中猶少狀元一歲而學行老成卓然爲同輩所推入之期先生也遠而先生不知也再屈於春官即謁選授浙之建德令令事瘁又值倭警當道倚辦急甚先生以古道持之不得請于上官得改杭州教授杭州爲浙首郡先生造士禮士必出古人士子得先生大喜聲名籍甚建德時而建德去思之碑適至杭人士又大喜謂先生古道既效矣會有津要子弟者以故嘗先生不應其人怒坐遷教授周府

先生咲曰吾道如是而分如是而願不如是乎卽日東歸歸不數歲其子文明又薦于鄉及見其官至潞南州太守太守以終養歸未抵舍而先生之訃聞矣蓋萬曆丙子二月也距其生六十有五王氏自解元公父子祖孫以來世崇禮讓敦修隘朴里有三代爲官不識穿衣喫飯之謡族蕃且秀不聞向人出一語自矜門第郡中巨姓稱長厚無踰王氏者至先生愈自貶抑里居蕭然如寒生與村夫語如不能出人有欺之雖胷中了了受之怡然客至舉觴傾倒都若不省其家有無者太守年未強仕郎命之仕太守

爲政方有聲卽促之歸太守俱奉命惟謹太守歸自潞南家落殆盡而太守當之若固然者意其于消息盈虛之理耳熟在庭訓不令聞諸世人耳先生有弟格早世子惟太守一人孫逢其庠生一人葢零丁者凡四世而令孫曾則已四人矣天其大王氏乎何其勤施而嗇饗也先生警敏殊絶讀書一目數行下爲文章雅雋不類經生語憶元兒時諸父輩從先生遊歸語其師多異其人比長以姻属得侍先生而於太守尤友密乃嘆所聞特先生之細耳其大者不易知先生亦不欲人知也先生諱樹字端立學者稱

灝溪先生祖鑑庠生父汝玉俱有隱德母盧氏配杜氏繼陳氏又繼鄭氏三配隨先生合葬在管壠之西山有女一適余生槐與太守俱陳出先生處世無不遜以厚其於孝婉尤篤銘曰

舉世競榮不量我生舉世有智不虞神忌我何求人敢不敬人我未知天敢不畏天嗚呼先生得我固然其中有物象帝之光

贈安人李氏墓銘

徐安人李氏者贈主事客部公燧之妻而余友今祠部員

外郎即登君之母也幼稍讀書能通孝經大義即歸客部
公會大母李禴心好督過人而客部公又剛急不可近時
謂兩難安人一以和柔承之未嘗敢有纖毫怨詈見于顔
說相客部公左右大母勞楚備至久之竟得其歡心每進
大母甘旨必須遣諸兒令安饗稍不樂即長跪請罪以爲
常大母病值客部公謁選出安人視湯藥掖起臥除牏穢
一一身爲之不以令侍婢大母忘其子之不在側也大母
且歿祝曰吾無以報若願來世爲若婦安人恐懼謝不敢
客部公好儒術志在敎子顧十九在外安人則自督課之

數數爲祠部誦身體髮膚立身行道之句祠部旣壯從李中丞先生遊爲格物脩身之學安人喜安人雅不喜佛惟樂施與而于奉先隆重歲時供廟祭具必整必潔肅諸子姓無敢不虔平居遇族戚妯娌下至婢僕皆有恩惠安人卒無不哀且念者嗟夫方姑之嚴安人且懼不成爲婦也方夫之剛安人且懼不成爲妻也卒之爲孝婦爲順妻成敎於家以顯徐氏人皆誦安人德而安人不敢知也雖其天性之美而夔夔小心如一日有自來矣易曰無收遂在中饋貞吉安人以之家人嗃嗃悔厲吉大毋客部公以之

安人子四長爲祠部由癸未進士累今官次郎用任爲石城縣典史次郎元次郎亭早殤女一適邑人萬縫孫凡四男三女安人卒年五十九以祠部貴贈安人塟在角里之南銘曰

惟姑嚴惟婦孝惟夫剛惟妻良惟孝惟良惟敎則然惟夫子光惟安人賢安人之賢豈一朝夕我儀圖之負罪引慝能知此者是謂物格溫溫安人惟學之則

合窆顧安人

維萬曆十八年歲次庚寅冬十二月巳巳朔越十有七日

乙酉巡撫湖廣贊理軍務右僉都御史李禎禮部儀制清吏司主事唐伯元謹以清酌庶饈之奠致祭于　誥封太安人顧母　氏之靈曰嗚呼皇風既遠醇氣日漓豪傑之士生於其間卽當代不能數人千里難遇同聲况于一門之内乎有文章足以驚世有節槩足以振俗亦足賢矣况於卓然以絶學自命者乎自吾友顧氏叔季者崛起東吳人知顧氏有二難而不知凡爲其昆仲者皆猶二顧也人見其文章節義之高則以爲二顧賢而二顧之賢不在兹也聞昔翁公之存也雖業儒而薄富貴雖課子而陋功名

得隱者高蹈而世未有能知之者贈公既歿而安人之督成其子不敢有加焉故其朝蓬華而夕廟廊也安人不色喜朝拜官而夕抗疏也安人不色愠或赴謫從君或堅卧依毋趣舍不同也而安人各遂其志當新學之盛行澹然無所顧慕而悠然尋鄒魯伊洛之淵源也而安人能成其高則二顧之賢蓋有所自而安人之後贈公而歿也獨發其潛德之光其功在顧氏亦偉矣天其有意於顧氏也乎安人其有關於斯世也乎寥寥千載吾道如絲寄奠陳詞可勝感慨尚饗

祭王藩甫文

維萬曆十九年歲次辛卯春二月戊辰朔越有二十日丁亥友人范淶唐伯元孟化鯉等謹以清酌庶饈之奠致祭于　故中順大夫大名府知府藩甫王先生之靈曰嗚呼人生有盡吾道無窮無窮者不待生而存與天地相終始有盡者必隨物而化雖賢聖不能留故顔子殀而何憾彭聃壽而同歸知死生爲晝夜者可以語道矣吾友藩甫貌肅而氣和質直而行方望之知其學道人也起家司理晉拜曹郎出守畿輔之間眞定大名二雄郡所至廉聲振而

惠澤流赫奕汪深顯有儒者之效殁之日大名人士如哀
考妣藩甫爲不死而吾黨爲有光矣獨怪龐如藩甫仁如
藩甫近歲又學養生如藩甫而壽僅五十則數不可詰而
理有難推者豈養生之說悞之也大名人傳言方士無狀
殺我仁侯是耶非耶夫養生固亦有道而非吾所謂道也
吾道非不養生而非彼所謂養也即藩甫所爲不死已足
當乎吾道雖養生而以爲道又何益於藩甫浹等或生而
同里或舉而同年或學而同師或官而同舍不可謂不知
藩甫藩甫平生於得失窮通之際一切不動念矣何獨斯

之未能信乎藉不能養生而反致傷生乎或者傳之之言過也或者愍藩甫而不得見悲憤而爲之辭也就藩甫自名世者可以爲吾黨之勸就或人悲藩甫者可以爲吾黨之師嗚呼藩甫其能聽斯言乎尚饗

祭鄧編修文

天地之氣始於西北而盛於東南惟茲嶺海應當其會蒸運有必至而理有固然古今記載不可誣者惟太史家雷陽彌世德在嘉靖末太史之父若諸父號雙鳳者蜚聲五嶺之間未獲大顯於世而太史崛起人皆曰大鄧氏者必

大父也而豈知太史之年止是也吾鄉邇來甲第稀少衣冠零落惟是翰苑未稱乏人隆萬之際有劉檢翰苑庶吉者皆以清才負時望如太史而皆不壽比太史出人又皆曰二君不能當當之者必太史也而豈知太史之壽亦僅僅如二君也太史生而容貌魁梧應爲太器生而宇度謙和應享遐齡生而英雋警敏應早聞道人方望之以當吾鄉氣運而天限之年是不足爲太史惜而實足爲吾鄉惜然太史有二子可望成立矣有諸父兄弟能讀書世其家聲矣吾鄉氣運方至而太史家多厚積而未盡發不在太

史安知不在其後之人乎太史之壽未及顏子太史之遇過於顏子然則太史未爲可惜而吾之所以惜太史者亦不係乎年也嗟夫科名貴顯賢不在斯窮達殀壽又何足論吾不暇爲太史惜而恐後之惜太史者不知太史之所以可惜則雖壽如彭聃亦何能有加于太史而况太史之不如也尚饗

祭李銅陵

嗚呼自科舉興而賢科重而甲科尤重其在吾黨近而望於鄉表遠而望於中原出其途者亦多如此文莊梁文康

霍文敏翁襄敏龎中丞諸君子皆樹勳王家聲稱華夏與
前代張文獻崔清獻二公者並映青史則誠哉其重矣乃
有陳徵君海忠介者舉世震而仰之以爲天人尤稱殊絶
而不必盡出於甲科何哉由斯而推布衣果能自貴豈必
青雲王公而孽特操同歸草木此道之常無足爲怪今歲
吾潮忽亡其二人焉其一懷集宗君其一銅陵李君懷集
賢科銅陵甲科皆初仕令尹而年方壯也皆能使吾潮學
士大夫咨嗟洟涕老者如失其子弟朋友如失其羽翼少
者如失其依歸嗟夫懷集爲清評所畏似不假於甲科若

銅陵者衆方因世之所重重之望之以前輩諸君子休光罔極而均之不得竟其至也嗟夫志願未了能不傷悲白雲悠悠綠水凄凄萬古如斯寧有盡期飄飄長往羅浮武夷懷集屬纊之言幾於道矣銅陵之意倘亦如斯乎尚饗

題養蒙詩後

善教者漸人而不知不善者強人以速化夫漸而不化者有矣未有不漸而化者雖天地聖人不能違也可以化不化可以速不速吾必以天地聖人爲不仁詩歌先王教人而漸之之術也古法不傳而近代之聲時得其遺意是亦

可以興乎嗚呼詩難言其旨遠也惟旨遠故諷詠而動深長之思諷詠而動深長之思故能漸惡其遠也而暴之彼其意在化不知於以漸人何如耳余友新安范原易氏輯儒先詩五七律絶共一卷題曰養蒙凡在編皆教也其間至與未至則願觀者以此求之乃爲題于末簡

讀炎徼紀聞

今讀炎徼紀聞而嘆田副憲史才即司馬子長不足多也田爲王新建里人敍田州事失策曲護新建而歸惧于桂學士已甚所不能諱者但曰岑猛實伏誅而疏言病死蘇

受大憝漏網而盛稱其功此不可解二語而已而世之談新建者尚以田爲臆詆恨不火其書吁亦過矣田州自新建後兵戈枕藉者十餘年夷人歸咎官家至翁襄敏以監軍討安南之故乃次第削平諸夷而兩廣始靖田與監軍同年同官同事記載詳核一一如畫今按其事新建有大失三而縱孽幸納賄不與焉一曰負友西廣自韓襄毅公後土官岑猛雄梗一方都御史潘蕃陳金共養其驕盛應期陶諧爭餡其貲獨姚鏌抗疏征猛梟首軍門即欲乘破竹之勢郡縣田州何其壯也乃御史謝汝儀石金拾小憾

陰壞其事而監司嚴紘張邦信輩曲阿御史遂以守仁代鎮爲守仁者籍滅其功而可甚其罪乎今疏岑猛病死而猛之土目盧蘇王受挾其子邦相反反貸而官之將爲猛報復乎爲謝石嚴張報復乎何以見鎮于九原之下也二曰釀亂蘇受擁兵降不欲受杖兵譁守仁幾於不免賴方伯林富下庭慰止蘇受乃帶甲受杖杖者又田州人也夷人駭莫測意指已又盛稱其功盧蘇遂號布伯弑其主邦相而潘旦蔡經相繼督府大率效尤守仁反誣邦相當殺於西江土官咸撫膺嘆曰殺人不抵弑主無刑吾輩手足

胷腸皆懸僕妾矣斷藤峽之役盧蘇命在翁監軍目中而徑逸之倘非斷藤之爲烈於爍仁夫剪削禍本不知西廣至今作何狀也三曰欺君鎮友可負而君不可負蘇受杖可假而功不可假張桂二學士可欺而　肅皇帝英明不可欺守仁平生大率類此當守仁之垂沒也語翁曰田州事非我本心後世誰諒我者卽守仁已自度其不容於清議而田之記與其徒尚責張桂何其悞也乃疵守仁者輙以幸客王佐岑伯高索賄一節疑守仁抑又過矣謂守仁之智失之幸客可也謂守仁捲耳于幸客則守仁何至於

是惟伯高徵蘇受萬金丐命蘇受力不暇給倉卒間幾致大變有十四歲侍兒者以告守仁守仁大驚達旦不寐爲守仁者即斬伯高以殉衆豈不琅琅不然逐之已晚顧未幾而土目趙楷謀弑主如蘇受然者伯高又納楷賄從諛守仁竟遂其弑復官楷一方大亂州人恚恨曰禍我家者天官也凡弑主者皆得官凡與官者皆索賄此則尤不可解豈夷人耳目盡可塗乎會安南莫登庸篡主自立朝議征之登庸咲曰中國土官比比弑逆數十年無能正法者而獨慮及吾何哉則守仁經畧田州之明效也守仁畏蘇

受如虎夔伯高如兒不武莫甚奈何盛談武事由茲而觀宸濠之功或謂賞當亞于伍文定信矣余考翁監軍定安南事時仇咸寧鸞麾下王洪王灝文通三人者索登庸賄翁發其姦竟不得逞咸寧以故啣翁翁晉本兵幾爲咸寧所中賴肅皇帝之明得免嗟夫一監軍而能發主帥之姦爲督府而隱忍以悅夔幸孰剛孰怯孰忠孰回必有能辨之者

題薛文清抄易學啟蒙卷

易學啟蒙與太極圖解皆數萬言乃朱夫子平生極力之

書其尊信周邵已甚然易與太極至周邵之說一變學者因訓詁詳用工深入焉而不可返亦不無時有得失焉顧以啟蒙視圖解則圖解可省而啟蒙不可缺何也理不可評愈詳則愈晦衍數而存之其可也文清公之抄錄玉車石之珍重其意皆在斯乎

雜著卷之六終

從祀疏

南京戶部雲南清吏司署郎中事主事臣唐伯元謹

奏爲祀典方新羣情未定懇乞

聖明仍採諸臣原議通行天下學宮以遵

祖制以安人心以崇正學事臣惟　國家之氣運係乎士

風人心之邪正關乎學術洪惟我

國家重道崇儒右文錫極

詔天下郡縣各祀孔子於學宮所以垂帝王之道於萬

世如揭日月而行天也須行六經孔孟之書一以宗

儒朱熹所註爲據所以明孔子之教於來學如泓渟
河而會海也熹之註解諸書雖不必一一盡合聖人
要其力學任道與聖人異者絶鮮宋儒程頤有言曰
學者要不爲文字所梏故文字雖解錯而道理可通
行者無害也二百年來道術有宗教化有紀人材輩
出
皇風穆暢非三代以下可及熹之功爲多間有一二任道
君子解經釋傳時或同異則有之然未聞有以熹之
學爲非是者迨正德嘉靖間乃有新建伯王守仁者

始倡爲致良知之說行於江南而其旨頗異彼其初
意非欲有異於熹也但以識太敏才太高任道太勇
立言太易當其談鋒溢出前無古人故往往不覺其
抵牾於熹而爲之徒者推波助瀾爭高門戶益以疑
天下之心而遂爲敵國往該浙江撫臣題
請祠額伏蒙
皇上錫以勳賢之號夫守仁以道學自名矣不與儒者之
稱而只曰勳賢天下之人有以知我
皇上厚恤勳臣之意而惟恐其學之有戾於道或以駭見

聞也又近該臺省諸臣後先疏
請從祀經時累月而不遽定乃者雖蒙
俞允然伏讀
御批有曰操修經濟都是學問夫祀典之所重可知已經
以經濟與操脩並言者天下之人又有以知我
皇上念守仁有殊功則當有殊報不必其學問之有異同
也大哉
皇言一以勸功一以正學所以立天下萬世臣民之極者
至矣但祀典既新人情觀望學術岐路從此遂分故

祭酒張位拳拳以今
准從祀布衣胡居仁爲言而洗馬陳于陛少詹事沈一
貫又欲並祀祭酒蔡清無非欲全朱熹以安守仁皆
委曲以明其不得已之意觀其言曰恐學者過於信
守仁而輕於詆朱子則守仁豈能一日安於廟廡之
間哉又曰恐學者謂
朝廷尊寵王氏此重彼輕則今之進王乃所以斥朱而道
術將從此裂
祖宗表章朱學以爲制考之意亦從此壞甚矣諸臣之憂

深而慮遠也不知我
皇上以諸臣之見是耶非耶夫察之也未詳則其慮之也
不周見之也未審則其防之也不預當此祀典初
頒之時正觀聽移易之始如其慮之不周防之不預使
諸臣之憂驗於異時是我
皇上崇賢報功之殊典適以違正學明道之盛心豈惟諸
臣之憂亦
皇上他日之所必悔也何也其察之也未詳而見之者未
審也

皇上深居九重萬幾之暇所稽者
祖宗訓典所對者聖賢詩書所探討者古今帝王治亂興衰
之跡若欲考眞儒上自曾鄒下迨濂洛關閩止矣何
暇詳於守仁之學而辨其是與非及天下之疑守仁
者
皇上亦何從而聞且見也臣是以不避煩瑣敬爲
皇上陳之世之訾守仁者有六而守仁之可疑者不與焉
訾守仁者一曰道不行於閨門也臣以爲守仁少負
不羈長多機譎一旦去而學道遽難見信於妻子亦

事之常人見其妻朱氏抗顏而揖門生詬守仁也遂執以葢其生平此未足爲守仁病也一曰鄉人不信也臣以爲鄉曲之譽必其人無子弟之過者而守仁固不能也夫老而無述聖人羞稱士能聞道一日千里況以守仁之才之識而可量乎人見其議論過高而言動氣象未見有異於常人其一二爲之徒者又多蒙不潔以冒天下之大不韙也益以暴其短也而臣以爲抑末也一曰宸濠之功狀疑似也臣以爲宸濠之不能有爲也不待守仁而辦也說者謂其未發

旣無先事之防旣發又有張皇之狀蹤跡詭祕行止
支吾使非吉州忠義伍守方畧江藩之變未可知也
道路訛傳至今不解其徒又呶呶而爲之辨故令聽
者愈疑夫
朝廷之勸功也但考其成君子之論人也貴成其美如守
仁之功報之以伯爵誠當卽進而配享於功臣之廟
亦無不可故曰宸濠之功狀不必疑也一曰守仁之
學禪學也臣以爲守仁非禪也夫禪者泊然一空寂
於內澹然絶慕嗜於其外彼其道亦有可以治心養

性者使能不屏倫理而自爲一家君子猶有取焉若守仁者機多而智巧神勞而形疾儻所謂禪亦呵佛駡祖之流竊無修無證之糟粕者耳而守仁非禪也一曰守仁之儒霸儒也臣以爲聖人之道得王而信得霸而尊夫聖人未嘗不與霸也一匡九合春秋著之特詳何者彼固竊聖人形跡之似而非敢曰我聖人也若守仁之自處則已斷然自爲聖人其徒亦推崇之躋之顔曾思孟之上矣是故守仁非霸也一曰守仁良知之旨弄精神也夫六經無心學之説孔門

無心學之教凡言心學者皆後儒之誤也是故大學言誠意正心矣而必以修身爲本孟子言存心盡心矣而歸於修身以俟君子引而不發但言工夫不說本體故曰必有事焉而勿正心此則臣平日之論也雖然弊也久矣苟不至陸九淵六經皆我註脚之猖狂皆有可恕者此不宜以獨疵守仁而守仁之可疑亦不在於弃精神之失也夫立於不禪不霸之間而習爲多疑多似之行功已成而議者不休骨已朽而忿者愈熾吁可以觀守仁矣臣未暇論其良知是否

且就其說之自相矛盾者論之守仁之言曰心卽性也心卽理也心卽道也心之良知是謂聖也心之良知卽天理也學者學此心也求者求此心也靈丹一粒點鐵成金可謂自奇其言矣然又曰致其良知以精察此心之天理又曰精察此心之天理以致其本然之良知然則良知與天理爲一乎爲二乎曰佛氏本來面目卽聖門良知曰良知卽是道曰至善者心之本體似夫知性矣又曰無善無惡者心之體又曰無善無不善性原是如此然則人之有性果善耶果

惡耶曰良知生天生地成鬼成帝矣曰天地無良知不可以爲天地草木瓦石無良知不可以爲草木瓦石矣然又曰良知本體原來無有人心本體亦復如是然則良知之在人果無耶果有耶駁朱註曰格物者窮至事物之理也功夫在窮實落在理若上截窮字下截理字但曰至事則其說難通是矣彼其自爲解則曰致吾心之良知於事事物物則事事物物各得其理致良知者致知也事物得其理者格物也然則致知與格物孰先乎孰後乎守仁之言後先矛盾

而不顧大率類此又有問爲奇險之論以反經者如謂曾孟非孔顏之傳則是顏曾異學也謂知即爲行則是目足齊到也謂明德在於親民則是本末先後倒施也謂冬可以爲春則是陰陽晝夜易位也又有故爲互混之論以遁藏者如曰無善無惡心之體有善有惡意之動不知心體本無則善惡之名從何生也曰不覩不聞是本體戒愼恐懼是工夫又曰戒愼恐懼是本體不覩不聞是工夫不知本體工夫從何別也曰有心是實無心是幻又曰無心是實有心是

幻不知實與幻有與無從何定也蘇秦張儀縉紳之
所不道也守仁則曰秦儀竊得良知妙用聖人之資
也孔子之聖生民之所未有也守仁則曰聖人猶金
堯舜萬鎰孔子九千鎰也又曰求之吾心而非雖其
言之出於孔子不敢以爲是也大發千古所無之異
論欲爲千古所無之異人彼謂不忍操戈而入朱熹
之室不知其操戈而入孔氏之室也彼謂朱熹之學
爲洪水猛獸不知其自陷於洪水猛獸也當時尚書
湛若水與守仁至契亦嘗答呂懷曰邇來横議湯沸

火燎眼中已無堯舜禹湯文武周孔矣尚書張邦奇答唐順之曰今之講學者至於狎侮天地秤停諸大聖人分兩輕重之類開闢以來未有無忌憚若此者太常卿魏校答崔銑曰自守仁說行而楊簡逆天侮聖人之書出禍天下其邪說甚於無父無君提學林希元作四書存疑曰天地間自來有此妖怪如許行邪說至爲無謂猶有從之者無怪良知之說惑人也夫此四人者皆世所謂賢人君子且素重守仁者也而力詆之若此是必有大不得已者奪其情也且自

國朝以來眞儒如薛瑄已從祀無議矣從祀之道自任
者莫如今
准從祀檢討陳獻章守仁之徒所推服亦莫如獻章今
獻章之書具存也有無忌憚如此者乎彼爲之徒者
往往推守仁於獻章而不知其不類也何以明其然
也彼駁朱熹窮物理之說曰如求孝之理於親之身
求惻隱之理於孺子之身不知熹無是教也又曰亭
前竹子窮物不通七日成疾以爲格物誤人不知熹
無是學也以一心好酒一心好色爲主一之功證居

敬之失不知好酒好色不可以爲敬亦未聞有敬而好酒好色者也如此之類欲以病朱熹而愚天下至指之爲神姦所伏考獻章之言有如此者乎觀其詩曰吾道有宗主千秋朱紫陽又曰一語不遺無極老十年無倦考亭翁吁何其尊之至也守仁之獎借其徒人人聞道處處顔曾如哀主事徐愛之亡曰汝與顔子同德則是顔子在門也別山人董澐之序曰進於化也無難則是自處已化也指王畿心意知物善惡俱無之見爲明道顔子不敢當則是王畿過於明

道顔子也臣之郡人楊氏兄弟僎及門而一皆稱之爲聞道此外又有薛氏兄弟子姪之盛又有毅然任道數十人之多則是鄒魯諸賢不足以當臣一郡也獎人以所無之善誘人以僞成之名枉其心之公賊夫人之子惑世誣民莫此爲甚考獻章之言有如此者乎觀其語李承箕曰世卿以歐蘇人物自期安能遠到其論張詡曰廷實是禪矣但其人氣高且不可攻吁何其嚴之至也夫朱註之行久學士遵爲矩矱一而求其體驗於身心者實少自獻章以静入誠養見

大無欲之旨勉人而學者始知反求諸內可謂有啓佑之力然其補偏救弊之言亦不無時有稍過者昔程顥有言學者須先識仁仁者渾然與物同體當時皆謂發前聖所未發而朱熹獨謂其太廣而難入獻章之言曰吾能握其機何必窺陳編又曰此道苟能明何必多讀書雖出於救末學之弊而臣亦謂其語意尚須善會又曰誰家繡出鴛鴦譜不把金鍼度與人則極喜程顥與物同體之說或者病之又謂金鍼之語不當喻學而臣則以程顥獻章各就己所至而

言外意之意則爲聖教而發若乃所引禪語詩家借用僻無嫌於同辭者要之聖人無是也夫道中而已矣教中道而立而已矣卑之不可高之不可賢者立言往往不能如聖人大中而無弊也此聖賢之分也雖然不意守仁之好異一至於此也考胡居仁與獻章同時同受業於吳與弼者然尚以獻章之學爲禪使其生於守仁之日將不知其指守仁爲何如人也守仁之學實從湛若水而與若水獻章之徒也所謂良知豈能出獻章造悟之內而生平論著滿車曾不

掛口獻章一語嗚呼彼固上薄孔子下掩曾孟者固宜其不屑爲獻章也或者比而同之過矣推守仁之意生不欲與獻章齊名殁豈欲與獻章並祀儻如守仁者而欲議祀典則必巍然獨當南面而孔子爲之佐亭如顏曾思孟周程猶得列之廊廡之間彼程頤朱熹而下當逬棄之不與同中國矣豈能一日同堂而居也嗚呼此皆由守仁自任之太過雖守仁或亦不自知其至於此也臣少時讀其書竊喜益嘗盡棄其學而學焉臣之里人亦有以臣將爲他日守仁者

賴天之靈久而悔悟始知其自奇智解者乃工於護
短之謀也其藉口一體者乃巧於盜名之術也終日
招朋聚黨好爲人師而忘其身之可賤也稍知廉耻
之士所不肯爲於是顏忸怩而心愧畏者累月是以
寧謝交息游不敢學媒妁之言以獎進人物寧其中
一無所有不敢高濶其談以駭人驚世何者自顧其
才非其才其道不敢道也昔馬援戒其子姪曰杜季
良憂人之憂樂人之樂吾愛之重之不願爾曹效之
學而不成所謂畫虎不成反類狗也里婦效顰於西

施其姑見之曰此吾婦也胡然化而爲鬼也是故守仁之學有守仁之才則可無其才而效之不爲狗彘則從鬼化夫人之所以異於禽獸別於鬼魅者以其平正明實守經守禮雖愚夫愚婦可望而知也今若此則又何貴焉然以臣昔日之誤則天下之爲臣者宜不少也以臣之迷而後悔則天下之迷於其說者皆可原也孔子曰天下國家可均也爵祿可辭也白刃可蹈也中庸不可能也夫寧學中庸而未至不欲以一善而成名君子之所以戒慎恐懼也負三者之

行索隱行怪以為中庸而欲以淩駕古今小人之所
以無忌憚也雖然中庸之難能久矣如獻章之與居
仁皆學中庸者也苟求其至即獻章之誠篤光輝臣
猶未敢輕許況居仁乎而又何責於守仁也若舍中
庸而論則守仁者亦一世之雄而人中之豪傑也乞
宥言官一疏其氣節足尚江西廣右之功其勳名足
尚傳習錄雖多謬戾拔本塞源之論亦不免借一體
以行其私獨訓蒙大意一篇能道先王之舊而象祠
文山祠二記與客座諭俗數語有可以警發人心其

文章足尚三者有其一已得祀於其鄉合之以祀於孔廟似亦不爲甚過乃臣之所爲過慮者亦竊比諸臣之憂耳諸臣之憂實天下之人之所同憂不可不爲之防也書曰朕堲讒說殄行震驚朕師又曰何畏乎巧言令色孔壬孔子曰惡利口之覆邦家者其論爲邦曰遠佞人佞人殆是以共工之流兩觀之誅自後世觀之皆若大遠於人情而不知聖帝明王皆急急以正人心爲第一義也今守仁挾秦儀之術薄孔孟之教張皇告子佛氏楊簡之論而自謂千古一人

舉世皆知其利口巧言而擬於讒佞是大舜孔子之
所畏惡也我
皇上方隆唐虞之治崇孔氏之學而又以祀典寵守仁之
功事雖若可以並行義不可以不明辨昔王安石以
新學從祀孔廟未幾楊時爲祭酒一言而罷雖於國
家大體無損光明而安石誤國之罪愈著是非所以
尊安石實所以醜安石也然猶幸罷之甚速而濂洛
諸儒之學得行於時且使爲國史者以是表
朝廷納言盛美爲後代英君誼主之勸否則安知後世無

孔子者出而作春秋誅姦雄於既死惜國家之舉動耶夫安石之心術制行臣未敢以守仁比也而守仁之祀猶安石也安石之祀非特其事之過舉亦由其名之不正當其時察之者未詳而見之者未審也今守仁之可疑與其可尚臣已備陳於前是故無難於察與見者也伏乞

皇上勑下禮部

須行祀典之日布告天下學宮明示

朝廷所以祀守仁之意原自不妨於朱熹其天下士子敢

有因而輕毀朱熹指爲異端者以違

制論凡有學守仁者須學其功業氣節文章之美而不

得學其言語輕易之失又要知

朝廷崇賢報功之典非有悖於正學明道之心其學朱熹

者亦當各遵所聞而不必復慕守仁爲高致庶幾士

之學道各得其天資學力之所近猶人之適國不妨

於千蹊萬徑之殊途則大賢小賢其旨並章報功與

學其事兩得所以成就

聖明之舉動非小小也詩曰

國家報守仁之功有美謚矣有爵封矣又有
勅建專祠矣今孔廟之祀有之不足加榮存之適足爲累
旋
諭禮官再加詳議使天下萬世知我
聖天子有帝堯舍己之功成湯不吝之勇則即此一事實
爲百代帝王之師但疏遠微臣未知於
國家事體當否敬述之以備
聖裁蓋臣之心也而非臣之所當
請也抑臣又有說焉方今

纂聖熙洽人文宣朗維
皇建經千載一時凡茲重典槩宜更定臣於十哲之內竊擬進一人焉有若是已說者謂宜退冉求於兩廡姑念其陳蔡之誼可也臣於兩廡之內竊擬出一人焉陸九淵是已但守仁既已從祀無嫌於議論之高可也若乃周惇頤張載程顥程頤朱熹五子者謂當附於十哲之後一以明學問之源流一以立吾道之宗主其

國家除已

准從祀外如尚書羅欽順章懋侍郎吕柟太常卿魏校太僕少卿吕懷皆篤行信古守正不回可爲後進之師祭酒蔡清經明行著無愧漢儒之選皆當

勑祀於其鄉以有待者也又如贊善羅洪先布衣王艮一則江門稽山之稱不辨真假一則滿街聖人之說滔會艮知皆不免雜於新學者顧其平生行已大槩一以獻章爲師法故其辭受進退實有可觀所當並祀於其鄉者也臣之論學不敢不嚴至於論人不敢不恕伏乞

勅下禮部叅酌布告之文以安人心并舉曠世之典以慰
人望則天下萬世斯文幸甚臣不勝戰慄待罪之至

醉經樓集　從祀疏　十七

石經疏

南京戶部雲南清吏司署郎中事主事臣唐伯元謹

奏爲仰稽

祖訓敬

獻遺書以備

聖明採擇事臣惟古今學術具載於書衆言淆亂必折諸

聖蓋書也者天錫之以開萬古之羣蒙而聖人者又

天生之以爲時人之耳目也六經語孟尚矣而大學

一書說者謂古人爲學次第獨賴此篇之存蓋修齊

治平之理六經語孟之階梯在是豈可緩者顧近代所傳只據鄭玄之註其書原係錯簡自宋儒程顥程顥朱熹尊尚以來各有定本而編次互異顥不能同於顥熹不同於顥則知熹所定乃一時之言其解格物亦仍顥一端之說而未嘗遽以爲至當也豈意正嘉閒新學頓起惑世誣民幸其隙之可乘極力排詆至比之爲神姦爲洪水猛獸反楊墨佛老之不若格物一解既成聚訟大學一書若存若亡嗚呼不有天生

聖人如我
太祖高皇帝垂大訓於一代之上其將何所折衷哉臣請備
言其畧
皇上試垂覽焉程頤格物之訓不一而朱熹章句則獨宗
窮理爲解乃新建伯王守仁駁之曰格至也物猶事
也格物者窮至事物之理是其工夫在窮實落在理
也若上截窮字下截理字而但曰至事則其說難通
吁卽朱熹復起必不以人廢言矣乃守仁又自爲解
則曰致良知於事事物物而尚書羅欽順又駁之曰

格其心之物格其意之物格其知之物凡其爲物也三正其物之心誠其物之意致其物之知其爲物一而已矣就三物而論以守仁之解推之不可通也以程頤之解推之猶可通也就一物而論雖極安排之巧終無可通之日吁卽守仁倔强亦不復能有辨矣雖然程朱之誤非必其體認之疎也以錯簡也然此駁一出遂生聞者厭惡之心而因以禍乎程朱之道守仁之視程朱如碔砆之於玉也何可同也然片言偶中遂起其徒虛高之念而因以售其良知之說是

故受錯簡之誤而程朱坐詘使天下見小而害大者此一解也因一駁之是而守仁得伸使天下從新而畔舊者此一解也悲夫不意學術得失之判人心邪正之分其機乃决於此則不如并其書缺之無弊也烏在其獨賴此篇之存也臣嘗合而觀之窮理之解於文義雖稍礙於學者爲得力卽未敢槪於大學之道要不失爲明善之方循茲以往固有殊途而同歸者若守仁之說則縱横奔蕩泛泛乎莫知所之矣况朱熹之學窮理以致其知則於致知在格物之言爲

順守仁謂致良知於事事物物則是格物在於致知故爲程朱者有得有失而爲守仁者兩失之者也此二說之辨也然則格物遂爲不可解之書乎臣往爲諸生時嘗聞之師太僕少卿呂懷曰物有本末一節是格物也雖未盡解私心識之已而得見尚書湛若水進呈

聖學格物通序內述我

太祖高皇帝諭侍臣之言曰大學一書其要在修身而大學古本以修身釋格致而曰此謂知本此謂知之至也

臣乃端默而徐思之正與向所聞符合竊私自喜以爲千七百年不傳之祕其盡在

高皇一言矣蓋萬物皆備於我我亦一物也事者物之事也身與家國天下對而本末繫焉修身與齊治平對而終始繫焉知所先後格之謂也格通也近道者大學之道也是故修身爲本卽物有本末之本本亂末治卽物有本末之本末故孟子曰行有不得者皆反求諸己其身正而天下歸之其爲義甚明其爲學甚約似的然無復可疑者矣但以鄭本及程朱定本觀之

其未敢自信者有二一則置知止能得於格物之前似乎先深而後淺一則以儒者學問思辨之功無所容於八條目之内則大學未免爲不完之書似亦可以姑置也又數年而臣令泰和而吉安知府張振之者手一卷授臣曰此古石經大學也詢其自乃從今翰林院庶吉士鄒德溥爲舉人時所寄其書實臣生平未覩也隨錄一冊笥之竊疑好異者之爲不復詳其旨趣矣邇來臣官留曹讀易公暇曾反覆於象爻之說竊疑大象類大學小象類中庸也會有遺豫章

李瓚經疑及尚書鄭曉古言二書者各載古石經大
學其次序則卽吉安所錄之書又述漢賈逵序曰孔
伋窮居於宋懼先聖之學不明而帝王之道墜故作
大學以經之中庸以緯之則大學中庸皆子思所作
其經緯之義又若易經大小象然者夫李瓚㑭不知
其何許人若鄭曉者端人也其言必有所據於是乎
竟日觀之不能釋手因而考其知止能得爲申格物
之義則其序不差詳其中庸爲大學之緯則學問思
辨之功不必其備由是而復繹我

高皇釋格致之說流洽洞貫若決江河而注之海也臣以此
則歎千古絕學續自
高皇聖人生知眞由天授惜當時
廷臣無有能推擴而光大之者遂使疑以傳疑窮而生
變而邪說者流得以乘間而行其猖狂無忌憚之私
臣每讀書至此未嘗不掩卷而三嘆也向使程朱不
爲鄭本所惑則格物當不至於錯會使
高皇此解舊爲大學指南則如日中天有明共見雖邪說流
無所容即古石經不存可也乃程朱既仍其誤於前

高皇之說又不得闡明於後一經指摘衆口嘵嘵使大學有
而
開卷之錯而程朱受誤人之罪又何怪乎邪說之易
以惑人也哉嗚呼朱註之失未遠也如其不爲新學
所奪也臣固可以無論也新學之行未甚也如其不
爲
朝廷所與也臣亦可以無憂也今者守仁祀矣亦幟立矣
人心士習從此分矣在
朝廷雖曰以祀而報功在儒生不無因祀而信學向之延

蔓也止於江南今之風動也及乎天下且
皇上以今天下人心何如哉舉業之士則誦程朱矣中常
之士則誦程朱矣其才高敏識稍號有志則無有不
驅而之新學者何者彼其道可以不學而能其學可
以不行而講其術利於媒進而捷於取譽彼其爲之
徒者又方樂其朝及門而暮顔曾也何苦而不從也
閒有卓然不惑之士知非而難舉雖辨而不詳又以
冐乎學究之誚其謹愿不言學者漫無可否又無益
於吾道之重輕他日篤其說以禍天下皆所謂高才

斂識稍號有志者也是則可憂也故程顥曰昔之惑人也乘其暗昧今之惑人也因其高明又曰人才高明則陷溺愈深夫人情之好名也如水之就下也邪說之奪正也自古以爲憂也今天下人心大率類是矣執己陳之說則難以服羣心持無徵之善則難以垂法守臣抱有遺經一得之愚不以此時效芹曝之

獻是忍於下負所學而上負

明時也敬將古石經繕寫二本畧爲小疏其旁獻上

御覽伏乞

皇上存留一本以備暇豫之觀其一本乞
發下禮部與各儒臣參看如果此本可信則望刊正舊
本之誤不然則
請遵依
高皇格致之解獨改一條以式多士其古石經姑付史館以
存一種之書又不然則望
誥諭天下士子一遵朱註不得背畔以從邪其有輕毀朱
熹者乞照臣前疏所陳以違
制則同文之化廣異學之徒息道德可一風俗可同

億萬年之太平端在是矣

醉經樓集　石經疏　廿五

古石經大學序

大學表章自宋儒始歟非也韓子原道是已其首章孔氏遺書歟非也原道及夫子必稱經此獨稱傳是已然則是書曾子作乎曰曾子作也十目所視何以云曾子也將意曾子而記門人乎爲之詞者也誰作之歟曰虞松校刻石經於魏表引漢賈逵之言曰孔伋窮居於宋懼先聖之學不明而帝王之道墜故作大學以經之中庸以緯之則大學中庸皆子思作也曰經緯之說信歟曰吾讀易竊疑大學大象中庸小

象也及見經緯之說而偶得所同也是故經緯之說信也曰今之所據鄭玄疏也玄疏行久矣近代諸儒毋論蓋二程朱子於是乎盡心焉矣子何據而獨逵之稽也曰吾稽其傳受而可據也按史玄受之馬融摯恂而傳之小戴聖聖所傳出后蒼孟卿高堂生而非祕府之藏也逵父徽與其師杜子春俱受業劉歆當漢武時周禮出巖屋間歸祕府至成帝朝歆始表而出之五家之儒莫見焉故逵之傳歆出也其後逵宦中祕又著禮經傳義詁及論難百餘萬言爲學者

所宗於時友人鄭衆與逵齊名倶有解而馬融推逵最精逵解故獨行於世衆解不行故逵之言可據也曰二書皆孔思出也曷二之也曰拆而故完也分而故合也聖人繫易彖爻不足而又辭傳也是故大學畧而中庸詳畧者序而詳者理也可畧而詳則序淆矣可詳而畧則理隱矣淆與隱而聖賢之意煙矣是故其二也乃其所以爲一也曰然則子之知所先後爲格物也必石經而明歟曰非也吾有所受之也嘗聞之師曰物有本末一節是格物也我

太祖高皇帝曰大學一書其要在修身而大學古本以脩身釋格致曰此謂知本此謂知之至也皆不必石經解也雖然猶經解也如石經則可以無解矣曰原道故遺格物何也曰大學論學也原道論道也原道重於治人專責佛老之遺其外大學先於治己責及管商之遺其內大學者合內外之學也夫誠意正心以脩身而已矣格物致知以求誠而已矣淆與隱立言者之所憂也善乎程子之論也其曰有天德便可語王道其要只在謹獨蓋與原道互發而默契乎知本之

意學者能由二子之言以會我
高皇格物之解可與言大學矣
南京戶部雲南清吏司署郎中事主事臣唐伯元序

醉經樓集　古石經　廿八

古石經大學

按魏正始中詔諸儒虞松等考正五經衞覬邯鄲淳鍾會等以古文小篆八分刻之於石始行禮記而大學中庸傳焉松表述賈逵之言曰孔伋窮居於宋懼先聖之學不明而帝王之道墜故作大學以經之中庸以緯之

大學之道大學者學其大也自天子達於庶人在明明德在親民在止於至善

古之欲明明德於天下者明明德於天下所以說之也先治其國

欲治其國者先齊其家欲齊其家者先修其身形色天性也修之踐形立極不修違禽獸不遠夫天下國家之本在身學至於修身止矣然身不可以易修也欲修其身者先正其心正心所以正身也欲正其心者先誠其意誠意所以誠身也欲誠其意者先致其知致知在格物不曰先而曰在者明格物即致知也夫修身之功至誠意止矣然誠至難言物之不格則以非誠爲誠者有之故誠意正心者修身之功也格物致知者求誠之事也以下釋格致之義

物有本末萬物皆備於我我亦一物也身與家國天下對故曰本末事有終始事者物之事也修身與齊治平對故曰終始知所先後則近道矣知所先後格之謂也格道也何以言近道下文詳之詩云緡蠻黃鳥止於丘隅子曰於

止知其所止可以人而不如鳥乎此止與止於至善之止終同初異知止而后有定知止即知本即知所先後定而后能靜靜而后能安安而后能慮慮而后能得慮而后能得則道其幾矣必從知止得之此格物之所以近道也○知修身爲本則知止能修其身則得止易曰知至至之可以幾也詩云邦畿千里惟民所止止居也千里民居聽訟之難也此止與知止之止不同觀釋詩之意可見子曰聽訟吾猶人也必也使無訟乎無情者不得盡其辭大畏民志不賞而勸不怒而威○身修故也知此則知本矣此謂知本知本即知止即知所先後蓋大學之教先自治而後治人治人莫難於聽訟聽訟莫難於千里之民居然惟身修者能之故曰知所以修身則知所以治人此格物之所以近道也○上二節兩引詩及

夫子之言又釋以己意皆言格物近道之事又總言以結之　自天子以至於庶人壹是皆以修身爲本其本亂而末治者否矣此本末即物有本末之本末照應了然○按誠正而不要諸修身佛老所爲空也齊治平而不先諸修身管商所爲雜也故曰修身爲本　其所厚者薄而其所薄者厚未之有也躬自薄責於人此謂知本故能明明德於天下其所厚者薄而其所薄者厚未之有也故民不可得而親也

此謂知本此謂知之至也

物格而后知至知至而后意誠意誠而后心正心正而后身修身修而后家齊家齊而后國治國治而后天下平　心正而后身修然必以修身爲本大學之旨可見

所謂誠其意者毋自欺也如惡惡臭如好好色此之謂自謙故君子必慎其獨也小人閒居爲不善無所不至見君子而后厭然揜其不善而著其善人之視己如見其肺肝然則何益矣此謂誠於中形於外故君子必慎其獨也慎獨即閒居爲善子曰居處恭至矣曾子曰十目所視十手所指其嚴乎觀此則非曾子之書富潤屋德潤身心廣體胖故君子必誠其意韓子原道引大學止於誠意程子曰有天德便可語王道其要只在謹獨故修身之學至誠意而止中庸曰君子之所不可及者其惟人之所不見乎故謹獨之功至人之所不見而止○按中庸又有致曲之說與格物互發求誠之義益備

所謂脩身在正其心者身有所忿懥則不得其正有所恐懼則不得其正有所好樂則不得其正有所憂患則不得其正忿懥不曰心而曰身者純乎血氣軀殼之用事下文所謂心不在是也心不在焉視而不見聽而不聞食而不知其味顏淵問仁子曰非禮勿視非禮勿聽非禮勿言非禮勿動忿懥恐懼好樂憂患非禮也身也勿視勿聽勿言勿動克己復禮也修身也不言正心而正心在其中矣○按釋誠意引曾子釋脩身引顏子各有攸當此謂脩身在正其心此只言正修之相因至中庸言行相顧上下正己及夫子告哀公論修身始備所謂齊其家在脩其身者人之其所親愛而辟焉之其所賤惡而辟焉之

其所畏敬而辟焉之其所哀矜而辟焉之其所敖惰而辟焉故好而知其惡惡而知其美者天下鮮矣自齊家至平天下惟是公其好惡此誠意之旨也故諺有之曰人莫知其子之惡莫知其苗之碩此謂身不脩不可以齊其家中庸言妻子兄弟父母說齊家始備

所謂治國必先齊其家者其家不可教而能教人者無之故君子不出家而成教於國孝者所以事君也弟者所以事長也慈者所以使衆也一家仁一國興仁一家讓一國興讓一人貪戾一國作亂其機如此此謂一言僨事一人定國曰一人貪戾曰一人定國

言齊家本修身也康誥曰如保赤子心誠求之雖不中不遠矣有本者如是知修身然後知治人反諸身不誠而能心誠求之者鮮矣未有學養子而後嫁者也世儒但知如保赤子之說往往自奇見解不知無天德者未可以語王道故治國在齊其家詩云桃之夭夭其葉蓁蓁之子于歸宜其家人宜其家人而後可以教國人詩云其儀不忒正是四國其爲父子兄弟足法而後民法之也刑於寡妻至於兄弟本在身修身修莫大乎威儀書曰思夫人自亂於威儀劉子曰人受天地之中以生是以有動作威儀之則此謂治國在齊其家中庸言舜文武所周說台國始詳謂平天下在治其國者上老老而民興孝上長長而

民興弟上恤孤而民不倍是以君子有絜矩之道也絜矩是恕之別名所惡於上毋以使下所惡於下毋以事上所惡於前毋以先後所惡於後毋以從前所惡於右毋以交於左所惡於左毋以交於右此之謂絜矩之道絜矩惟在同民好惡詩云樂只君子民之父母民之所好好之民之所惡惡之此之謂民之父母同民好惡惟在親賢秦誓曰若有一个臣斷斷兮無他技其心休休焉其如有容焉人之有技若己有之人之彥聖其心好之不啻若自其口出實能容之以能保我子孫黎民尚亦有

利哉人之有技媢疾以惡之人之彥聖而違之俾不
通寔不能容以不能保我子孫黎民亦曰殆哉唯仁
人放流之迸諸四夷不與同中國孔子譏臧文仲竊位孟子以蔽賢爲
實不祥故人臣之罪莫大於蔽賢君相欲平天下此
莫大於用賢故曰堯舜之仁不徧愛人急親賢也
謂唯仁人爲能愛人能惡人見賢而不能舉舉而不
能先命也智之於賢否也命也君子有性焉不謂命也一个臣是也見不善而不
能退退而不能遠過也是謂庸衆人好人之所惡惡人之
所好是謂拂人之性菑必逮夫身是當放流而爲天下僇矣詩云
節彼南山維石巖巖赫赫師尹民具爾瞻有國者不

可以不愼辟則爲天下僇矣以上言貴德以下言賤貨不賤貨則不能貴德

是故君子先愼乎德卽是同民好惡有德此有人樂只君子民之父母

有人此有土有土此有財有財此有用德者本也財

者末也外本內末爭民施奪是故財聚則民散財散

則民聚詩云殷之未喪師克配上帝儀監于殷峻命

不易道得衆則得國失衆則失國楚書曰楚國無以

爲寶惟善以爲寶是故言悖而出者亦悖而入貨悖

而入者亦悖而出康誥曰惟命不于常道善則得之

不善則失之矣舅犯曰亡人無以爲寶仁親以爲寶

仁者以財發身不仁者以身發財未有上好仁而下不好義者也未有好義其事不終者也未有府庫財非其財者也以上四段釋詩與書言道之得失釋楚書與舅犯言財不可聚凡失道皆由聚財生財有大道生之者衆食之者寡爲之者疾用之者舒則財恒足矣朱子曰足國之道在乎務本節用非必外本內末而後財可聚也又曰此章之義務在與民同好惡而不專其利此說得之世儒以用人理財並言誤矣孟獻子曰畜馬乘不察於雞豚伐冰之家不畜牛羊百乘之家不畜聚斂之臣與其有聚斂之臣寧有盜臣此謂國不以利爲利以義爲利也長國家而務財用者必自

小人矣彼爲善之小人之使爲國家菑害並至雖有善者亦無如之何矣此謂國不以利爲利以義爲利也竊疑堯舜之道不以仁政不能平治天下何大學釋平天下累數百言曾不及此何也曰堯以不得舜爲己憂舜以不得禹皐爲己憂而稷播百穀契敷五敎皆舉之矣是故平天下只在絜矩絜矩只在用賢故曰其人存則其政舉然非反身而誠則賢者不用用者不賢故曰爲政在人取人以身夫子告哀公章詳而盡是故君子有大道絜矩必忠信以得之驕泰以失之無忠做恕不出堯舜帥天下以仁而民從之桀紂帥天下以暴而民從之其所令反其所好而民不從是故君子有諸己而後求諸人無諸己而後非諸人此爲治人之責

醉經樓集

者言也若論自治必躬自厚而薄責於人所藏乎身不恕而能喻諸人者未之有也此見修身爲本以起下文康誥曰克明德太甲曰顧諟天之明命帝典曰克明峻德皆自明也物格知至知止得止是謂自明其本亂而欲末治者是謂昏昏湯之盤銘曰苟日新日日新又日新日新從明德之義也康誥曰作新民新民從日新之義也能新民而後能親民蓋百姓不親由五品不遜人倫明於上小民親於下矣是故親民不外明德謂此節釋親民可也詩曰周雖舊邦其命維新維新亦從前二新之義是故君子無所不用其極大學言新命中庸言中和位育道理規模自是如此時與位俱不論詩云穆穆文王於緝熙敬止爲人君止於仁爲人臣止於敬爲

人子止於孝爲人父止於慈與國人交止於信以上釋至善下乃言明德親民止於至善詩云瞻彼淇澳菉竹猗猗有斐君子如切如磋如琢如磨瑟兮僩兮赫兮喧兮有斐君子終不可諠兮如切如磋者道學也道者大學之道也以道爲學者道無窮學亦無窮學問思辨亦其一事子曰志於道○道言也學謂學問思辨也如是則語焉不詳恐非聖賢立言之意如詳之則中庸又不必作矣要知大學學其大者詳見中庸儒者欽考于經緯之旨疑其未盡不得已以窮理代格物耳如琢如磨者自脩也行有不得者皆反求諸己他山之石可以攻玉瑟兮僩兮者恂慄也純亦不已赫兮喧兮者威儀也動容周旋中禮修身之能事畢矣有斐君子終不可諠兮者道盛德

至善民之不能忘也道盛不特近之而已德至善則止矣民不能忘不待親之而自
親矣詩云於戲前王不忘蒙上爻之辭君子賢其賢而親其
親從保我子孫來小人樂其樂而利其利從保我黎民來此以沒世
不忘也賢親樂利雖同民好惡之效必忠信以得之
上爻道德盛善者是也故曰修身爲本〇按
此只論大意至善終不可解故作中庸中庸今按中
其至矣學至於中庸而止矣故曰止於至善
庸一書首尾二章舉其要也自君子中庸至察乎天
地釋中庸也中庸者至善之謂也自道不遠人至登
高必自卑言脩身也妻子兄弟父母言齊家也舜受
命武纘緒周公成德武周達孝爲國以禮一本於祭

祀之誠言治國也夫子告哀公文武爲天下國家有九經言平天下也言脩身而及於治人言齊治平而及於修身大學之道也自誠明至純亦不已言誠也體也自大哉聖人之道至天地之所以爲大言道也用也體與用合故聖曰至聖誠曰至誠業曰配天德曰達天明德親民止至善也始乎愼獨終乎愼獨故曰壹是皆以脩身爲本其要只在謹獨大學以次序相因言重本中庸以義理究竟言詳事大學之序不可亂中庸之功不可缺大學學其大中庸庸其中此

經緯之旨也大學言正心中庸不著大學言誠意中庸止言誠身脩身爲本可見

如大學詳則中庸可無作矣大學不可詳而中庸又不作則大學爲不完之書矣故一經一緯其義始備此子思上接曾子之傳而下以俟夫孟子者也

宫人疏

禮部儀制清吏司主事臣唐伯元爲循職掌宣
王德達下情兼效一得之愚以端大本事臣惟人君奉天
子民孰不愛民如赤子惟是高拱淸穆之上故常有
關雎麟趾之意而不得信於民小民養君自安孰不
戴君如父毋惟是伏處茆簷之下故常有怨咨愁苦
之聲而不得達於君斯二者其失不在君不在民則
臣工當事者之過也夫人臣爲上爲德則必承君之
意以致之民爲下爲民亦必述民之隱以達之君詩

曰出納王命王之喉舌貴宣王德也又曰載馳載驅周爰諮諏貴達下情也必如是然後君民一體休戚相關上下交而世道泰茲臣分也臣責也臣是以不容已於言也臣於正月二十二日奉到本堂官劄副

遵

旨選取宮人一節已經本司先行各城兵馬司與錦衣衛及宛大二縣去後未報至二月初二日又奉本堂官吩咐發票行催間咨詢訪葢由京都無知小民妄傳

此日

宮掖之內法令嚴肅與往時事體大不相同趨蹌稍錯
動虞咎譴各家子女年齡弱少生長閭閻豈能諳曉
皇家法度以是家家危疑人人逃躲該臣隨傳示各官遍
寫手牌差役前去守催并令各該地方總甲人等傳
諭京城內外居民毋得輕信浮言妄生疑畏方今
皇上明並日月仁同天地惟恐覆載中有一民一命不得
其所以傷天地之和豈於
宮掖之內獨肯寡恩外間訛傳皆不可信況今日所選
其第一義乃爲

皇長子冊立屆期也

祖宗成憲孰敢不遵臣子大義孰敢不恪於是轉相傳聞陸續報到共得女子二千有奇臣即會同各該城巡視

御史選取九百有奇彼因訛言未息人心疑畏及至

送進

諸王館之日往往汙穢其頭面殘毀其肢體以求苟免於一時其不然者又觳觫驚怖神魂辟易顏容摧損頓換面貌委不堪觀夫懽悅之容與驚恐之狀其同不同可知也宜

皇上之能洞照也故雖有九百之多而中選者不能十之
一亦其固然無足怪者及奉
旨再選而臣復蒙本堂官分付益加諄切該臣會同各城
巡視御史傳諭各該地方宣布
聖天子慈仁英武時而霜雪時而雨露非可易窺届茲册
立吉慶大典凡厥有生莫不延頸
皇仁思沐
聖澤而況於
宫掖之內但凡官族大姓軍民人等俱宜報到以俟選

擇毋妄猜惑自悔後時彼值外間傳聞近月以來委
果
內廷法度稍稍寬平遠邇相告頗有喜色時報到女子
至六千餘人臣以此益嘆德之易於感人而誠之可
以動物帝王之治在於貴德而尚誠悅近而來遠臣
願
皇上之深省驗也就於本月十三四等日臣會同各城巡
視御史選取於六千餘人中只得一千六百九十有
四大抵十歲以上者常二三十二以上者常七八稍

長者知識漸開易於教習幼少者淳龐完具養於方
來並蓄兼收皆不可缺也其選取之意則以顏儀端
莊神思幽靜望之知其柔順溫良庶幾詩人所謂窈
窕淑女者爲主而不敢求必於全色夫女之難全色
亦猶士之難全才也臣之所選十取其二及今覆選
亦如之則是二十取一矣於數已盈於選已精臣願
皇上之勿求備也每於選完之日臣等傳進地方及各子
女之父若母諄諄以
皇上一念好生

內廷近日寛恕爲諭其父若母者或未信臣之言臣固
知我
皇上雍雍在宫和氣薰洽此三百人者雖在
宫闈之中無異於室家之樂也夫樂民之樂憂民之憂
聖王之盛節也上宣
主德下達民情臣子之常分也臣幸而受事
皇上幸而聽臣臣分畢矣臣願遂矣而臣又有一得之愚
欲
獻者惟是

皇長子英齡方茂豫養宜端聖學聖脩自今日始語曰少成若天性習慣如自然言豫勝也又曰丹之所藏者赤漆之所藏者黑言染先也豫莫急於今日染莫先於宦官宮妾之際程頤爲講官時建言天子方幼宜選宮人年四十以上者侍左右所以遠紛華養德性蓋老成宮人素閑禮法素知謹畏惟以保護爲重而不敢以逢迎爲悅者也臣願

皇上採程頤之言即將見在宮人選年四十以上慈惠柔良小心端慤爲六尚局中所敬重者令侍

皇長子出入坐卧保護身體今次新進諸人姑令教習如
周禮婦學法教之婦德婦容婦言婦功聽候
皇長子大婚禮成之後更選入侍必能維持匡正養成
聖德異時閨闈之内有刑於之美無色荒之失有貫魚
之利無專席之私其所關於治本非細是故宫人不
可不慎選也臣又聞
孝宗皇帝在東宫時有宦者覃吉侍從常時陳說孝經論
語大義及五府六部天下民情農桑軍務以至宦官
弄權蠹國情弊

憲宗嘗賜
東宮五莊吉進曰天下山河皆王所有何以莊爲竟辭
不受
東宮出講必使左右迎請講官每曰尊師重傅禮當如
此說者謂吉之賢雖儒生不能過而弘治十八年之
太平吉之功爲多今內府各監不知其幾豈無覃吉
其人乎乞行遴選數人分班更侍屬之
東宮敎導官令如覃吉故事講習詩書周旋禮樂如有
不守

明訓冒瀆非幾者

東宫官得以奏

聞處分庶幾周公抗伯禽以教世子之意則前後左右莫

非正人耳目見聞莫非正事如入芝蘭之室久而不

聞其香然而聖德不早成者未之有也是故宦官不

可不慎選也臣又聞之教有三身教爲上得人次之

講說又次之夫既有

東宫官責專教導於外而宦官宫女亦多正人以維護

於內可謂得人矣然猶其次也教必自

皇上之一身始葢家庭之禮莫非至教而父子之間自爲
師友古今帝王未嘗不以身教也昔我
太祖高皇帝諭太子曰吾脩身制行汝輩所見吾平居無優
伶贄近之狎無酣歌夜飲之娛正宮無自縱之權妃
嬪無寵幸之昵言無偏聽政無阿私以此自持猶恐
不及故與爾等言之使知持身之道大哉
皇言則萬世帝王身教之準已至我
世宗皇帝赫然中興神聖莫及非不可爲萬世子孫法程也
然今讀其

遺詔猶若以盡善爲歉而深以詒謀爲憂觀其詔曰一
念惓惓本惟敬天勤民是務秪緣多病過求長生郊
廟之祀不親
朝講之儀久廢既違
成憲亦負初心每一追思惟增愧赧蓋愆成美綂仗後
賢甚矣
世宗望道未見之心其爲
聖子
神孫慮至遠也伏願

皇上遠念
皇祖持身之格言近體
世宗蓋愆之
遺詔一起居一食息如對聖賢如臨師保非必絶情慾
也而求中節非必無寵幸也而求不偏近侍雖不可
狎而慈蓄之意常存
宫禁固當嚴明而使令之時常恕春氣漸煖
聖體漸康時
御朝座時親講幄接賢士大夫之日多察古今治亂之

機審内以貧乎蒸黎外以威乎夷狄上以遵乎
祖訓下以法乎後昆夫是之謂身教伏乞
聖明垂察臣不勝惶恐待
命之至爲此具本親齎謹具奏
聞

附録

萬曆十九年閏三月十六日傳

内閣

聖諭朕疾少愈原朕之痰火致患生疾成痼朕食少寢廢

雖常服藥餌未見瘳愈以致廟享屢遣代行朝講久
廢乃左右奸頑之激病雖暫愈朕茲又見上天示警
心甚憂懼反躬省咎乃知小人之蠱惑損朕之德行
擅作威福以長己之奸惡以致上天震怒星象垂戒
奸惡小人今已斥逐矣因諭卿等知之

請告疏

吏部文選清吏司署郎中事員外郎臣唐伯元爲奏
職無狀憂官成疾乞
恩俯容回籍調理以全微生以圖補報事伏念臣受氣
原薄攝生又乖方在壯歲情慾過度及於中年血氣
大損蓋自萬曆二十年丁母氏憂以尚寶司司丞回
籍守制廬居三載疾病纏綿臣當是時甘爲
聖朝廢物不復萌仕進之念矣詎意服制方滿忽接邸報
伏蒙

皇上起臣原官旋改今署疎賤遭逢均屬曠典斯臣至榮
之遇不敢言病者一　舊事銓臣計資序轉臣科第雖
深資俸實後伏蒙
皇上不次點擢大破常規又臣至榮之遇不敢言病者二
皇上神聖卓越千古大小羣工莫及先時五六銓臣多一
時海內名士爲臣畏友猶不足以佐其下風往往得
罪以去故此一銓曹也昔爲要津今爲畏府臣之才
不及諸臣遠甚而戇不通方過之荷蒙
皇上一切優容一切不問葢從前諸臣所不能得者又臣

至榮之遇不敢言病者三自是感激竭力馳驅受業以來日與堂官計議如何一清銓法如何一洗積蠹凡利在百代害在一時者必行不敢少貶以徇浮議凡利在部内害在部外者必革不敢姑息以市恩私幸有堂官主持於上臣與二三僚衆得以執持於下若弛若張若緩若急其初不免呶呶久而方定蓋人情難與慮始積弊難以頓除其或思有未合行有未通晝夜籌維寢食都廢積有日月乃粗就緒方將與堂官計議盡舉天下賢才以登

皇途於上理少効犬馬於萬一不自知其勞且病也奈之
何
寵厚而福薄心長而智短每遇內外員缺臣度量註擬
具呈堂官請自
上裁間有奉
旨點陪者知
上意獨斷也有奉
旨另推者知
上意慎重也乃至數月以來則有一概留中不答者矣臺

省郎署方面赴部候補者動至經歲多至盈庭門外
官俸多至逾期不得遷轉各邊道事情緊急無可代
庬賢愚同滯朝野咨嗟莫知其解竊惟
皇上勵精化理求賢若渴豈不自愛
國家臣等幸奉奔走務竭精白豈敢有所朦朧然而報
議不當
聖心封章不蒙
批答以致遠邇驚疑儒紳譏氣臣等逢人則面赤[illegible]
則內愧上負

主眷下負初心每與堂官言及此未嘗不相對而涕零也
臣又惟銓曹之職堂官總其成於上臣實專其責於
下今之堂官孫尚書丕揚者乃舉世所推為正人君
子而
皇上所深信者蓋已爛熳於奏牘而鄭重於
溫綸斷斷無復可疑儻有不公不明之罪非臣而誰盖
不惟世人責臣無以自白即
皇上恕臣亦難自解以是
主恩日深臣罪日積曠官之咎愈多憂官之病愈重自前

月以來飲食無味形神枯槁每懇官代臣
奏請而堂官責臣以大義諭臣以調攝又見堂官尚在
註籍不敢言去不得已扶病進署勉完選事至於近
日則暑濕交攻脾胃愈弱精神恍惚足力不支備詢
醫家必非旦夕可效而堂官之留臣未已他痛念臣
精誠不足以孚
主進退不足以關忠際此千載一時之遭徒令後代有有
君無臣之嘆負恩悞國罪其何贖方其未病尚費支
持今在醫藥安能自效不得不自陳於

君父之前伏乞
皇上俯從臣請容臣回籍得以一意調理苟延餘息倘遂
生全之幸敢忘啣結之私況今堂官已出視事而臣
之選例已滿是臣乞身之會而
請命之秋也伏乞
勑下本部恩賜放臣別簡賢能早充是選以贊太宰知人
之哲臣
皇上平明之治臣不勝懽躍瞻竚之至

再請告疏

吏部文選清吏司署郎中事員外郎臣唐伯元爲病

難就列情非得已再懇

聖慈早賜放歸事臣夙有脾胃之疾近因重發不能進司

管事已於前月二十七日註籍今月二日疏

請何謂小臣乞

恩養病自是

朝廷優恤常典可以望幸今候

命十日矣尚猶留中遲遲者得非以臣尚堪勉副職事乎

而臣內揣病軀外度事理萬萬不能有所待不再瀆

天聽者敢備其始末爲

皇上陳之臣聞古之爲君者以愛士爲盛節古之爲士者以逃名爲高致愛士者搜及岩穴舉及庫盜招及他邦思及異代往往有生不同時之嘆逃名者不見諸侯不謁天子入山思深入林思密惟恐姓名悞落於人間斯二者其事相反其道相成者也斯道也何道也古道也非今日之謂也唐韓愈氏有言今天下一君四海一國舍乎此則夷狄矣去父母之邦矣故士

不得志於時者則山林而已矣山林者不憂天下者所能安也如有憂天下之心則不能矣韓愈氏之言正今日之謂也夫仕以行義不仕則無義學貴識時不仕則失時生今之時反古之道臣竊以爲過矣雖然今之爲士者誠不宜以逃名爲高其在

明君哲主安肯因此而遂賤天下士哉語有之周士貴秦士賤夫士也皆賤如秦豈盛世之所宜有哉詩曰思皇多士生此王國王國克生惟周之楨濟濟多士文王以寧貴士也臣伏覩

皇上總攬萬幾之初首徵海瑞王錫爵等數十人一時忠良錄用殆盡轉圜止諫之風時時有之卽詩所稱古帝王愛士何以加焉近年以來則有不然者自臣居銓曹閱案牘查得朝紳在摘籍者幾百人自去冬至今夏得罪去者又半百人近起補赴

闕日久而不得補者又二十餘人昔者所進今不知亡去者日多來者日少

皇上之愛士視初年何如視古帝王何如然而朝端諸臣依依於內候補諸臣依依於外若鳥之於林魚之於

水愈固結愈慕戀愈不可解者惟是
皇上猶天地也世間無所逃之天地
皇上猶父母也世間無不是之父母生斯世也爲斯世也
更將焉往更將焉歸所望
皇上天覆地載父生母育使之以禮待之以恩官之各因
其材任之各行其志寬假之各成其名大者致主匡
時小者展采錯事
皇上不負諸臣諸臣其忍負
皇上乎孟軻氏不云乎夫人幼而學之壯而欲行之况生

逢
堯舜孰無江湖戀
闕之思人鮮巢由難忘塵世功名之想河清難俟人壽幾何壯志易灰浮生可憫諸臣心事臣能知之而臣又天下之喜功名人也一念戀
王豈後諸臣而肯以病請哉臣惟今之為士者與古時異而臣之所處又與在廷諸臣異臣之所以異者一曰病深不可以易愈凡人五臟六腑要統於脾脾虛而臟腑皆虛醫藥難效臣之病脾病也一日權重不可

以久處銓司關天下人材進退恩怨之府萬口難調
側滿不代其誰諒之一曰寵盛不可以過貪節蒙
皇上優容備至小臣之寵極矣目而不止福過災生一曰
事煩不可以卧理銓曹夙號要曹而臣司尤號劇司
如臣賤淺平居尚慮不支况能扶病而親百冗乎凡
此四者皆臣之所有而在廷諸臣之所無是以不能
從諸臣之末而赴功名之會伏乞
皇上察臣深病放臣早歸臣行之後願
皇上脩舉初政登選賢能以天下才克天下官以天下丶人

理天下事是泰運來復之期而
聖德重光之日也臣俯伏待
命不勝惶恐

原任吏部文選清吏司郎中贈大常寺少卿臣唐伯

元男廣東潮州府澄海縣廩膳生員臣唐彬謹

奏爲

聖恩沾被偏瀕海忠魂未揚比例陳情萬里叩

閽懇乞

天恩俯賜褒卹易名以光

盛典以慰泉扃事臣父伯元係廣東潮州府澄海縣人登

萬曆甲戌進士初選江西萬年縣知縣調繁太和縣

歷任南京户部郎中建言摘海州判官起陞定推官

禮部主事主試湖廣陞尚寶司司丞吏部員外

特簡文選司郎中

請告回籍二年累經薦錄業推少卿物故萬曆四十六年

按臣田生金以臣父理學忠節具題

請謚未覆天啓三年

特贈太常寺少卿伏念臣父學術治行忠君愛國廷臣亦

既論列今又刊刻成書當俟覈實具

題臣查得前吏部郎中顧憲成贈官賜謚臣父立朝大

節居鄉懿行實與顧同至於功垂兩邑學翼六經先

事抗疏卒定
國本則竊謂過之臣所以不能不萬里叩
閽披陳行履以仰祈
寵邺也方臣父之令萬年也申裁冗餉歲減二千金導引
雙源灌田數萬頃嚴淹女之禁創梳虫之式任甫一
載撫臣旌異其調繁太和也捜匿賦八百有奇代積
逋三百以上卻相沿之例供絶縉紳之請托洗厥骨
之沉冤復侵占之縣址錄囚囘曠旱築堤障狂瀾老
稚有唐青天之謡邑乘有德政編之刻六年之内得

薦九次諮訪二次考績治行獨最紀錄卓異此臣以人之功埀兩邑者也擬膺諫銓之選逎以義絕私交節抗權相竟置南部歷任戶部郎中親校古石經大學註釋大義進呈
請付史館
神宗皇帝嘉納時議新建伯王守仁從祀臣父昌言排仁良知之學其意在於翼朱熹遵
祖訓奉
旨從祀已定姑不究乃爲異學私黨下石竟謫海州判官以

行雖有廷臣公論無奈衆楚附咻此臣父之學翼六
經者也當
神宗皇帝未有
三王幷封之前臣父先見陳言默定
國本非揭顯未未有能知臣父之苦心
宗社者方臣父之起補儀曹也嘗奉選取宫人之
命事竣具載請端大本一疏語意忠凱未以身殺爲
獻内引
太祖侍身格言

世宗益徵遺詔凜然有古大臣節概得動
聖諭嘉納凡此一片忠忱皆圖事前感悟乘機挽回至於
諸臣罷斥而終收定儲之功始知
神宗皇帝由後思前不悔心於當時之激烈而翻譯於誰昔
之開導也洎陞天部
特簡銓衡製籤選之法一私不行前後秉選者十餘人多
獲譴責獨臣父任滿六選爲本部尚書孫丕揚屢薦
卿貳臣父竟爲親養連疏懇乞得完節以歸生平所
著有古石經大學註釋禮編易註陰符經註道德經

註解請告諸疏醉經樓集太乙堂草禮曹十二議采
芳亭愛賢堂醉經樓續集泰和縣誌行於世祀名宦
於萬年泰和祀鄉賢於臣邑臣郡臣父政跨蒲密學
補關閩諫能格心雖三黜其身終俾定一代之
國本道可淑世四海諸彥已先揭千載之公評伏讀崇
禎五年九月內經禮科都給事中張國維禮部尚書
黃汝良等將年久未謚諸臣先後題
請議謚內稱謚例五年一舉然議同聚訟事等築舍自辛
酉至今已十有二載而謚典缺如實愈久而愈湮

寢微而寢滅其於勸世何賴焉云云本月十二日奉
旨諡法有關風勵依議詳諮確覈務協公評不得徇私憑
臆致乖大典其發單仍勒限報部毋再稽延欽此欽
遵該部即將原發諮訪單冊刊刻成書分行南北九
卿詹翰科道等衙門諮訪列臣父姓名於前謂係三
奉
明旨期在速行臣竊思句題
請諮訪至今又二年矣而回覆議諡更杳如也臣亦猶科
部臣有實愈久而愈湮名寖微而寖滅之慮是以

以臣父生平畧節萬里叩
閽伏乞
皇上軫念孤忠查照顧憲成例一體贈䘏
以名則不惟臣父伯元耿耿忠貞丕荷照明於
聖世而風一勸百其裨於世道人心者亦非淺鮮矣臣不
勝哀籲祈
戰慄惶悚之至除具本赴
奏外為此具揭
崇禎七年閏八月　日